妄想LOVE?!

佐々木 よう

目次

第一部　俺の女

そっちの世界では、お前は、年はいくつでやっぱり女なのか？　それとも、男なのか？　ひょっとしたら人間ですら、ないのかも知れないな。だが、俺にとってはそれはどうでもいいことだ。

俺はお前の妄想が生み出した男だ。お前には「ＭＩＫＩＴＯ」と呼ばれ、こちらの世界でお前のためだけに生きている。

望みどおり、お前を強烈に愛することが俺の役目さ。

現実の世界にもあるだろう？　なんていったかな、自分好みの男が下僕のように尽くしてくれる夢のような場所が。そうそう思い出した、ホストクラブだ。こっちの世界はもっとすごいぜ。なんたって好みのタイプどころか、お目当ての男そのものが登場して、自分だけを愛してくれるんだからな。しかもタダときている。ホストクラブは相当高くつくんだろう？　毎日は通えないよな。ここじゃ一緒に暮らすことだって夢じゃない。簡単なことさ。妄想力さえ鍛えれば、誰だってバラ色の人生を手に入れることができるんだ。

俺は今回、そのホスト役に選ばれた。ご想像どおり、俺はかなりいい男だ。けどな、ホストは客の女を愛しちゃいけないんだよ。本当の恋人じゃないからな。

彼女の愛は、あくまで妄想の力を借りてでも手に入れたい、現実の世界に住むそいつに捧げるものだ。俺はその一線を越えちまった。

そうさ、死ぬほどお前を愛してしまったんだ。


さあLover、早くこっちへ帰って来いよ。俺はもう待ちきれないぜ。

今度こそ、お前を閉じ込めておこうか？　くだらない現実とやらの異世界に、たびたびお前をさらわれてしまわないように。

その現実とやらの異世界で、どうして俺はお前を愛してやれなかったんだろうな。こうやって妄想の世界に俺を召喚するほど、こんなにも愛されたがっていたのに。

この俺と奴は、顔も体も、持って生まれた才能に至るまですべてが同じだが、正確には別人格だからお前についての記憶もなければ、奴と共有するものは何もない。ただ、お前の心の中の思い出に合わせ、お前が求めるままに向き合ってやっているだけだ。

お前は気付いているのだろうか？　いつだって奴を死ぬほど恋しがっているお

前のことを、俺は愛してしまったんだよ。お前の妄想が生み出したこの俺がだ。このとおり、俺は妄想の中でしか生きられない男だけれど、命の限りお前を大切にしてやるよ。お前は俺のかわいい女だ。この俺は、絶対にお前を泣かせたりしないさ。

つまり、俺はお前のために奴を演じながら、お前に愛されているという妄想を抱いているということになる。

お前の妄想が俺の妄想を呼び、俺たちは皮肉にも極めてシュールな関係だ。

やっとＬｏｖｅｒが俺のもとへ帰って来た。やはり疲れているようだな。

「俺たちは今、アメリカ行きのジェットに乗ったところだよ」

向こうに着いたら、ひとまず俺の部屋で暮らすんだ。しばらくして落ち着いたら、お前が気に入ったところへ越せばいいさ。そこはお前を迎えに発つ前に、管理を任せて来たから、さしあたり不自由はないはずだ。

彼女は荷物がいつ届くのか気にしているようだった。大事なものが入っているのかい？　荷物は空港から翌日には届くよ。足りないものは買えばいい。お前は何も心配するな。ただ俺について来ればいい。俺を愛してさえいればいい。人には完璧な男だと言われるが、いいか？　完璧な男が気まぐれでお前を愛したんじゃない。お前を強烈に愛している男が、たまたま完璧なだけだ。

さすがに混乱しているだろうが、わかっているのか？

フン、俺もよくしゃべる男だな。あきれるよ、お前にはいつだってそうだ。俺の愛を信じてほしくてつい、じたばたしてしまうのさ。

さあ、離陸したぜ。もう後戻りなどできないんだ。お前を連れて行くよ。俺たちはアメリカで一緒に暮らし、二人で音楽をするんだ。約束するよ、必ずお前をスターにしてやる。俺たちはきっと成功するさ。そうやってお前の願いをひとつ、ひとつ叶えてやる。かわいいお前に俺という翼をつけてやるから、どこまでも飛んで行くがいいさ。そして必ず俺の腕の中に戻って来るんだ。

いいな？　お前は俺の女だ。お前が奴への執着を捨てずに妄想し続ける限り、俺はこの世界でお前のためだけに生きることができるんだ。

ここからは現実と同じ速さで時間が流れる。向こうに到着するまで何時間もかかるんだ。俺にもたれてゆっくり眠ればいいさ。お前は傷つき、疲れているのだから。

「Ｌｏｖｅｒ、見上げていると気分が悪くなるぞ。さあ、高速エレベーターで89階へ」

「エレベーターの中では暇だから、恋人たちはキスをするんだよ。さて、俺たちはどうしようか？」

お前は「ん」と、イエスともノーともとれる曖昧な返事をした。はっきり答えられるわけもないか。エレベーターが激しく二人を吸い上げる間に、俺は細い腰に腕をまわしてお前を抱きしめ、口づけた。男が迷ってはいけない、彼女を傷つけるだけだ。

エレベーターはまもなく89階に到着して扉が開き、目の前に俺の部屋が広がった。最上階は直接部屋にアクセスして俺たち以外に立ち入る者はいない。

ようこそＬｏｖｅｒ。たった今からここがお前の居場所だよ。お前の妄想から生まれた俺が密かにお前を愛し、守ってやる場所さ。お前は俺の本心をまだ知らなくていい。はかない夢だと思っていればいい。ビッグサプライズはまだ先だ。

「ねえＬｏｖｅｒ。夕食はどうしようか？　疲れているならデリバリーで済ませるか。ここはホテル並みのルームサービスだぞ」

部屋に入ってからずっと夜景を見下ろしていたお前は、

「ごめんなさい。ちょっと疲れたみたい。少し休んでもいいかしら？」

そう答えた。

それで俺はお前を抱えてベッドルームに連れて行った。お前は甘えたいんだな。こんな時、俺ならひとりで行かせたりしないよ。

「ＭＩＫＩＴＯ。Ｌｏｖｅｒを残してどこへも行かないでね」

やさしくベッドに下ろして出て行こうとしたら、お前がこんなことをつぶやいたから、ドアーを閉めて俺は部屋に残った。

ここは妄想の世界なんだぜ？　お前の意のままじゃないか。なのにどうしてそんなに怯えるんだ？　こんな時、お前がひと言でも何か言おうものなら、それどころか指一本動かしでもしたら、きっと奴はお前のもとから去ってしまうんだな。

俺は二人がどんな関係で、何があったのかなんてちっとも知らないが、お前の悲しみが透けて見える気がするよ。

だから俺はお前の顔を覗きこんで言ってやったんだ。

「Ｌｏｖｅｒ！　ルームサービスはやめにして、お前を食っちまおうか？　俺はさっきから腹ペコなんだぜ」

束の間でもいい。それでお前の心が救われるなら。そうしてお前はクスッとかわいく笑って眠りについた。

おやすみＬｏｖｅｒ。目が覚めたら今度こそ食事にしよう。アイスクリームも用意しておくよ。もちろん買い物には行かないさ。安心しろ、お前のそばにいる。


Ｌｏｖｅｒがベッドルームから消えた。

現実とやらの異世界にまた戻ったんだ。「Ｌｏｖｅｒをひとりにしないで」と言いながら、お前はいつも平気で俺を置き去りにするんだな。今、そっちの世界で奴のそばにいて、お前は幸せなのか？　俺が狂おしいほどの嫉妬にかられていることなど、頭の片隅にもないだろうよ。どうせ傷ついてすぐに俺のもとへ帰って来るくせに、どうしても未練を捨てられないんだな。だが、奴への執着をなくしてしまえば、俺も同時に消滅する。俺たちはつくづくやっかいな関係だ。

俺は彼女のドレッサーの前に立ち、鏡の中の自分を見た。

奴は相当いい男だな。背が高くていい体つきをしている。ミュージシャンというよりプロのスポーツ選手みたいだ。お前が夢中になるのも無理ないか。奴は男として完璧なだけではなく、類い稀な音楽の才能にも恵まれている。天才ギタリストのお前にはお似合いじゃないか。とにかくこんな男がいるのかと疑うほど、誰もが惚れ惚れするような男の中の男だ。俺は顔も体もその才能に至るまで、すべてが同様のスペックだから、その点においては奴に感謝するぜ。

ごめんよ、Ｌｏｖｅｒ。愛するお前の幸せを願ってやれなくて。お前がいない間、俺は何をして過ごそうか。そうだな、お前が帰って来たら、とびきりの笑顔が見られるように、ドレスルームを調えておくよ。かわいいお前はうんと着飾って俺とデートするんだ。きっとファーストステージから注目されるぞ。なんたってお前はナンバーワンシンガーのこの俺の恋人で、相棒のギタリストだからな。メジャーデビューの前にひとつ話題を振りまいてやろうじゃないか。

だから、Ｌｏｖｅｒ。早く帰って来ておくれ。お前のために用意したアイスクリームが、溶けてなくなってしまわないうちに。

「Ｌｏｖｅｒ、食事が済んだらお前に見せたいものがあるんだ」

俺が選んだメニューだったが口に合ったのか、すっかり平らげて満足そうに次はアイスクリームにとりかかっている。よかった、帰って来たお前が泣いていなくて。俺が次々と差し出すものを、素直に喜んでくれるお前がとても愛おしい。お前の笑顔が見られるのだから、奴なんかより妄想の俺の方がずっと幸せだな。

そして遅い食事の後、かわいいＬｏｖｅｒに似合いそうなドレスやアクセサリーをたっぷり運び込んだ別室へ、彼女を案内した。

「わぁ、すごい！　これ全部ＭＩＫＩＴＯが私のために買ってくれたの？」

お前は俺が想像した以上に感激していたな。正確には買ったんじゃなくて誂えたんだが、どうでもいい。お前のサイズなら、奴より俺の方がよっぽど知っているじゃないか。こんなことぐらいお安いご用だ。

「明日、俺とデートしようぜ。この辺りを案内してやるよ。さあ、どれを着て行く？　俺が選んでやろうか？」

お前もやっぱり女だな。目をキラキラさせてあれもこれもと、体に当てては鏡を見ている。それでいいんだよ。我慢なんかするんじゃない、自分が辛いだけだ。な、俺となら楽しいだろう？　いつだってお前を笑顔にしてやりたいんだ。

そうさ、俺はお前を愛しているんだよ。


お前をアメリカのこの部屋に連れて来て、当たり前だが今夜は初めての夜だ。二人は愛し合う仲だが、俺はお前をまだ知らない。さすがの俺も緊張するな。

Ｌｏｖｅｒにさりげなくシャワールームの場所を教えて俺は音楽を変えた。聖夜にふさわしい静かなバラードを選んだ。彼女もきっと気に入るはずだ。俺たちは当然ながら音楽の好みがシックリ合う仲だからな。

俺は夜空さえ司る男だ。俺に抱かれながら、満天の星空でスターダストをながめるのはどうだ？　相当ロマンティックだぜ。嵐の夜を選べば、お前は稲妻が走るたびに驚いて俺の下に隠れるだろう。雷が轟く間じゅう、しがみついて甘えてくれるかも知れないな。

実は、この世界はもはやあいつの妄想の域を超え、彼女にはコントロール不能な状態にある。

お前の妄想の目的は、ただ奴に愛されていたいといった素朴なものだが、俺がお前を愛するあまり、脚色を加えているのさ。たとえば、この89階の部屋だ。現実の世界では、奴がいくら有名なシンガーでもこんな暮らしは無理だろう。せいぜい広々とした明るいテラスルーム付きの一軒家がいいところだ。それからわずか数分の間に百点を越えるドレスを誂えたり、夜空を意のままに操ることも、かわいいお前への心尽くしさ。

このとおり、お前の妄想の世界が、俺の支配下にあることをお前は気付いていないようだな。悪いようにはしないさ。お前は俺を奴だと思って愛していればいいんだ。さあ、おいで。お前に最高の夜をプレゼントするよ。

Ｌｏｖｅｒをドレッサーの前に座らせて、彼女の髪を乾かしてやった。お前の髪は細いんだな。こんなところに惹かれるんだ。どうしても守ってやりたくなるんだよ。

鏡の中のお前に向かって俺は言った。

「俺もシャワーを浴びてくるから寝ないで待っていてくれよ」

そして、後ろから抱いて細い首筋にキスをした。お前は少しピクッと反応してコクンとうなずいた。そんなお前の初々しいところがたまらなく好きさ。

「サイドテーブルにライムのスパークリングを置いておくよ」

眠りにつく前に甘いものはすすめない。お前はダイエットなんかしていないだろうが、美容に無関心な女のように扱ってはいけない。Ｌｏｖｅｒは傷つきやすいんだ。そっと愛してやらなければ。

お前はそういう女だ。


俺が戻ると、お前は窓際で、また夜景を見下ろしていた。

「お待たせ」なんて無粋な言葉は、口が裂けても言ってはならない。

俺がさらいに行くまで動くんじゃない。この腕にお前を仕留める瞬間まで、じっとしていてくれないか。

「あ、流れ星！」

フフン、気がついたのかい？　今から天体ショーが始まるよ。ここは８９階。最上階のこの部屋には、流れ星が直接降ってくる。

「Ｌｏｖｅｒ？　だめじゃないか。愛し合っている最中によそ見なんかしちゃ。いい子だから俺だけを見つめてくれよ」

俺はすねてみせた。その方がうれしいだろうと思ったんだ。そしたらお前はうるんだ瞳で俺を見て、「ごめんなさいね」と謝ったんだ。

こんな女がなぜ妄想の世界なんかをさまよわなくちゃならないんだ。いいんだよ、星空さえも俺からの贈り物なのだから。

お前はうっとりした瞳で俺を見つめ、素直に抱かれている。今、お前が愛しているのはこの俺なのか？

「Ｌｏｖｅｒ。今度流れ星を見つけたら、願いごとを言ってごらん。俺が必ず叶えてあげるから」

ほんの少しの不安も後悔も、お前の心に残してはいけない。俺は、この世界にお前を引き留めるためならなんだってするさ。だから哀れなお前を心から愛して抱いてやった。

せっかく愛してやっても、男が急にさめてしまっては、女を天国から地獄に突き落とすことになりかねない。だから俺は少しふざけた調子で彼女に迫った。

「ねえＬｏｖｅｒ。俺は合格したかい？　それとも、落第かい？　なら、もう一度だな」

かわいいお前は驚いた。俺にしがみついて甘え、愛の余韻を味わった。この戯れこそが本当に女を満足させるのさ。どうせならここまでやってやれよ。欲望を満たして「ハイ、おしまい」では正真正銘の落第以外、何ものでもない。

まさか、お前はそんなふうに扱われていないだろうな？

俺と顔も体もまったく同じはずの奴に対し、嫉妬よりもタチの悪い憎悪を感じた。

しばらくして安心した彼女はまた眠りについた。

「おやすみ。Ｌｏｖｅｒ」

そっとキスをしてお前を腕に抱き、奴の身代わりでしかない俺は確かに幸せを感じている。

断っておくが、現実と呼ばれる異世界が、実はいくつも存在することを承知の上だろうか。彼女の妄想の世界では、俺は確かに作り上げられた存在だが、俺は俺で社会を形成し、この世界に適応している。彼女にとっては妄想でしかないが、俺と俺の周りの社会にとってはまさに現実なのさ。例えるなら、あみだクジだ。どれかひとつのクジを選んだとしても、横棒を書き加えるたびに運命が変わるだろう？　運命が書き変えられるひとつ前の世界、選ばれなかったクジが待っていた世界。それらが無数に存在するということだ。

よく、「選択の余地がなかった」っていうセリフを聞いたことがあるだろうよ。あれは嘘だぜ。正確にはアタリを引き当てられなかったんだ。クジはいくらでもあるし、なけりゃ作ればいいんだからさ。選んだ後から横棒を書き足して、反則スレスレで世渡りしていやがる強者もいるぐらいだからな。

誰もがそのうちのどれかひとつにしか生きられないから、この事実を知らないだけで、時空を超え、ほんの少しの誤差を生じさせながらそれぞれの世界が成立しているんだぜ。彼女の肉体が属する現実と、心が迷い込む妄想の世界との誤差は、奴が彼女を愛しているかという一点であり、それ以外の設定に何ら変わりはないということだ。彼女には気の毒だが、彼女を愛する本物の奴はこちらの世界にも存在しない。奴は彼女が属する同じ現実の世界を選んだからな。そしてそこで彼女を愛さずに存在している。だからこちらの世界では、俺は周りから当然のように奴だと認められ、奴が普通に生きて彼女を愛しているように見えているのさ。

もうわかっただろう？　奴が彼女を愛したら、すなわち彼女の望みが叶ったら、この誤差がなくなり二つの世界は同化して、俺か奴のどちらか一方が消滅することになる。

お前は奴が選びはしなかったが、もしもこのクジを選んでくれていたら、という世界を覗きこんでいるんだよ。もっというなら、ひょっとしたら奴は選んだのかも知れないが、どこかの誰かが横棒を書き足した、とも考えられるだろう。それで運命が変わったのかも知れないな。そしてお前が奴に選んでほしかったこの世界で、奴の代わりを演じるのがこの俺というわけだ。なかなか残酷な話だろう？

自分すら保てない弱虫のお前には、とてもじゃないが言えないよ。もし知ってしまったら、俺がやさしくすればするほど、現実の世界に戻った後、お前は手に入れられなかった悔しさに身を焦がすんだ。それを未練というんじゃないか？　もう、あっちには戻るなよ。お前には堪えられない。俺はお前が、奴の身代わりとして俺を愛していても構わないんだよ。俺の愛は自分でもあきれるほど、相当深い。

「おはよう。Ｌｏｖｅｒ」

もう、昼近くなのか。

昨夜は満天の星空を楽しむために、ブラインドを下ろさず眠ってしまったから、とても眩しい。

それに難しいことをいちいち説明して、俺も疲れたのか遅い朝になってしまった。

今日は約束のデートだな。Ｌｏｖｅｒは着て行く服をもう決めたのだろうか。

「ここが俺たちの拠点のライヴハウスさ。この辺りには他にもあと五つある」

　街そのものは彼女も何度か来たことがあるから、観光客のようにいちいち詳しく案内しないが、これから活動する二人のベースキャンプたる場所をいくつか見せてまわった。

「小さいが馬鹿にしちゃいけないぜ」

　俺はかわいい新人の相棒にここでのやり方を教えてやった。

「ここに来る連中はいわば常連だ。中には俺たちにとってパトロンみたいな著名人もいる。こんなところの方がスタジアムやドームと違って、ファンととても近い関係を築けるんだ。ファンというよりサッカークラブのサポーターみたいな存在かな。ここでの彼らの反応が、俺たちの現況を判断する目安になるんだ。だからリリースする曲やパフォーマンスの評価も、予め把握することができる。ここで調子を整えると言ったらわかりやすいかな。それに音楽業界の記者なんかも常に出入りするから、他のアーティストの情報も簡単に手に入る。そのうちセッションやフィーチャリングの幅が広がって、かわいい新人のお前は引っ張りだこになりそうだな」

Ｌｏｖｅｒはいよいよ週末に迫ったファーストコンサートを想像し、緊張しているのか、少し表情が硬い。とうとうため息までついた。

「だが安心しろ。お前が慣れるまでソロの仕事は入れさせやしないさ。お前は俺について来ればいい。俺のためにステージに立てばいい」

何があっても俺が助けてあげるさ。お前が俺の音楽そのものなのだから。

「明日にはお前のステージ衣装が届くはずさ。今回は相談する時間がなかったから俺が見立てておいた。次からはちゃんと意見を取り入れるよ。なんたってお前が着てパフォーマンスするんだからな」

ここでウィンクしてみせたら、やっと笑ってくれた。

お前より俺の方がよっぽど楽しみにしているな。お前は俺のかわいいメタルエンジェルだ。最高の舞台でデビューさせてやるよ。

お前は今朝、ドレスルームで淡いオレンジ色の上品なドレスを選んだ。デザインそのものも優雅だが、体にそれとなく沿ってやっぱりセクシーだ。お前のようにはなかなか着こなせない、難しいアイテムだぞ。

食事はもちろん最高評価のホテルでディナーだ。お前にはその価値がある。

ディナーの後は、最上階のバーに連れて来た。お前は夜景が好きだろう。

「Ｌｏｖｅｒ、ディナーは満足したかい？　お前が喜んでくれてうれしいよ。もし、お前が気に入ったなら、今夜はこのまま泊まろうか？」

カウンターの向こうで、カクテルをシェイクしているバーテンダーに片手で合図して、それでチェックインの完了だ。

俺は最初からそのつもりだったが、成り行きでそうなったほうが刺激的だろう。修学旅行じゃあるまいし、予め計画しておくなんてナンセンスもいいところだ。繊細な女は何より雰囲気を大切にするものだ。

なあ、Ｌｏｖｅｒ。今夜は少し、悪い男になってもいいか？　力ずくでお前を奪いたいんだよ。

しばらくして、ボーイがルームキーを届けに来た。少し恥ずかしがってうつむいたお前を、俺はやさしい笑顔で包みながら、今そんなことを考えている。

ルームの扉がカタン、と静かに閉じると、お前は俺を見上げかわいい声で、

「ＭＩＫＩＴＯ、今日は素敵なデートをありがとう」

と言ったんだ。

　どうやら先手を打たれたようだな。オートロックの扉が閉まったら、お前を激しく抱き上げてベッドに放り投げ、力ずくで押さえつけたら襲いかかって、淫らにお前を征服してやろうと思ったのによ。おっと、これは俺の妄想だな。

　こんなにかわいいお前にそんなことができるかよ。

　二人はベッドの端に腰かけて、俺はお前の肩を抱き、お前の気持ちが溶けてくれるのをじっと待ったんだ。女には、このプロセスこそが大事なんだな。

　やがてお前も俺を抱いてくれたから、そのまま二人で重なってゆっくり倒れ込んだんだ。自分で言うのも情けないが、スイートルームにふさわしい甘い男になっちまったのさ。それにしても、お前はたいした女だよ。俺の支配下にありながら俺をすっかりもてあそんでいるじゃないか。

「お願い、シャワーさせてほしいの」

　そんなこと、気にするなよ。

「だめだよ、そんなもったいないことをしちゃ。このままのお前をすべて愛しているんだから」

お前を抱く腕に力を入れてささやいた。感動したかい？　俺の本心だよ。

それからお前は素直になった。

今夜も、俺とお前の妄想と妄想が絡んで抱き合っている。実際、愛とはそんなものだろう？

俺はお前が恥ずかしがることをした。ここでは少し、力を使った。お前は顔を横に向け、目を閉じて必死に堪えている。俺はお前が奴に捧げたはずのものを味わった。極上の味わいだった。俺を求めてくれてありがとう。お前がいとしすぎて気が狂いそうだよ。

ごめんよ、Ｌｏｖｅｒ。お前の悲しみはやがて俺の喜びに変わるんだ。

奴に感謝してお前を精一杯愛してやる。

朝が来た。そろそろ行くか。どこにいてもお前と一緒だ。

どうした？　ホテルの部屋から出られないのかい？

Ｌｏｖｅｒは人目を気にしている。俺たちは恋人同士じゃないか。しかも一緒に暮らしているんだぜ。

それなのに、お前は明らかに怯えていた。

どうやらお前は奴のスキャンダルに巻き込まれて愛を失ったらしいな。俺なら最後までお前を手放しはしない。この世界でも、お前の現実と同じことが起きるぞ。見ているがいい。俺がどうやってお前を守り抜き、この愛を証明するかを。


「夕べ、俺たちがいたバーに記者が紛れこんでいたようだな」

俺は困った振りをして、演技を始めた。

「明日には俺たちの記事が出そうだな。週末のファーストコンサートは予想以上に注目されるぞ」

俺たちは恋人同士で、当然愛し合っているのだから、スキャンダルではなく単なる熱愛報道だ。だが、手始めにこいつを利用して、お前の信頼を得ることにしよう。

Ｌｏｖｅｒ、お前は何も心配するな。俺が守ってやる。

「Ｌｏｖｅｒ、よく聞いてくれ。俺たちの仕事は音楽をとおして人に夢を売る商売だろう？　だから大抵のアーティスト、それもやっと売れ始めた奴なんかは、私生活について伏せておくものだ。ファンはなんでも知りたがるが、自分たちが受け入れられない事実は知りたくないものだからな」

お前はふっと淋しい顔をした。

「そうね、私たちの関係は好ましくないものだもの」

おそらくそう言って、奴の成功の妨げにならないように自分を抑えてきたんだろうな。

俺はもう気後れしているお前の目を真っ直ぐに見つめ、はっきり言ってやった。お前はいつだって自分をつかんで放さない強い男を求めているのだし、そいつに何もかも捧げたいと願っている。

「だがな、ここはアメリカだ。日本と違って、愛から生まれた芸術を彼らはとても歓迎してくれるのさ。恋人ができるたびに、しびれるようなバラードを作曲して売り出すギタリストもいるんだぜ。そいつはかなり成功している。俺も愛するお前とそうありたいと思うんだよ。お前の愛を利用しているようでいけないかな。

Ｌｏｖｅｒは気を悪くしたか？」

どうだ？　お前の存在を隠すどころかありがたがってみせたぞ。その上、もし非があるとすればそれはすべて俺が身勝手なせいなんだよと、悪役も引き受けてやった。完璧だろう？　お前は最愛の男に尽くしたいんだから、その哀しい夢を叶えてさせてやるよ。これで満足したかい？

チェックアウトはやめだ。甘えん坊のお前をうんとかわいがってやる。


さっきの俺の言葉と揺るぎない態度がよほどうれしかったんだな。俺を見つめる瞳がとてもやわらかい。お前は愛する男のために生きたかったんだな。どうして俺とお前は同じ世界に生まれなかったんだろう。こんなに愛し合えたのに。なぜ、お前の現実の世界の俺はお前を愛してやれなかったんだろう。俺と顔も体もまったく同じ奴のことが、俺には理解できない。

Ｌｏｖｅｒはアメリカに連れて来てから、あまりあっちの世界に戻らなくなった。ここが気に入ったのか？　俺のそばにいる方が居心地がいいんだよな。だが、相変わらず奴への強い執着を感じる。なぜだ？　ひょっとしてそうなのか？　お前は肉体を放棄して来たのか？

お前はもう、俺の妄想の中でしか生きられないのか？

お前はもう、怯えていなかった。俺にすっかりゆだねて目を閉じた。

俺は強い男だ。お前を守り、生き残ってやる。

お前はわかっているのだろう。俺が奴とは違うことを。そもそも奴がお前を愛していればこちらの世界は存在しないし、俺も必要ない。もう、お前の現実に戻れないなら、俺を愛してくれないか。

いや、それはだめだな。お前が奴への執着をなくしたら、二つの世界は同化して、俺どころかどこにも肉体を持たないお前まで消滅してしまう。だから俺は永遠に愛されない。

さすがに寂しいものだな。本当にお前はお前を棄ててしまったのか？　奴が憎くて仕方ない。この体を痛めつけてやろうか。だがこれ以上、お前が悲しむことはできないな。

俺が堪えることにするよ。

お前は今も、俺の腕の中で奴の夢を見ている。

俺たちの部屋に戻るとやはり、Ｌｏｖｅｒのステージ衣装が届いていた。鮮やかなアイスブルーのスリップドレスにショートをセットアップして、思っていたよりずっとセクシーだ。かわいいお前はきっとキュートに着こなすだろう。細い首には大きめのクロスペンダント、左の手首には黒革のバングルブレスレット、要はレザーのリストバンドだ。この中にはピックを収納しておける。Ｌｏｖｅｒの必需品だ。右手に同じく黒革のフィンガーレスグローブを着けたらメタルエンジェルの完成だ。

早く着て見せてくれないか？　着替えを手伝ってやるよ。まずはお前を裸にしなくちゃな。

俺はまた、お前が欲しくなる。

おい、お前の白い肌は俺がつけたキスマークだらけじゃないか。

「ごめんよ、Ｌｏｖｅｒ。客席からは見えないだろうが、カメラには写るかもな。自分のものには名前を書けって、お前も学校で教わっただろう？　だから、つい」

俺は馬鹿みたいな言い訳をしてお前を困らせた。

気にするな。俺たちはそういう仲で、お前は俺のものだ。

ああ、想像以上によく似合っているよ。お前はこの格好で俺のとなりに立ち、天才美少女ギタリストとしてメジャーデビューするんだ。日本とはスケールが違うぜ。俺の手をしっかり握っていろよ、いくつものライトが照らす、光輝くステージの中央にエスコートしてやる。ナンバーワンシンガーのこの俺が発掘した天才美少女ギタリストで、心から愛してやまない恋人のお前を。


Ｌｏｖｅｒがこの国に来て初めてのコンサートは、マディソン・スクエア・ガーデンに次ぐ大きなアリーナで行うことになっている。ここは音楽イベントはもちろんのこと、スポーツの祭典が頻繁に開催されることでも有名だ。つまり誰もが知っている施設で収容人数も最大級だ。俺は何度もライヴを行ったことになっている。さすがに音響も素晴らしく、俺のハイトーンヴォイスがどこまでも伸びていく感じがするに違いない。何万ものファンの熱気が二人を取り囲み、Ｌｏｖｅｒのデビューにふさわしい華やかなステージになるだろう。

後日予想どおり、俺の熱愛報道がテレビや雑誌を騒がせた。今回はその直後のコンサートだ。人びとは俺の恋人として彼女を見に来るが、帰り道では大興奮してＬｏｖｅｒの魅力とパフォーマンスのことを話し、彼女の残像で頭がいっぱいになるだろう。

Ｌｏｖｅｒ、お前は素晴らしいよ。

俺はお前を、日本から連れて来た天才美少女ギタリストだと紹介したら、その場で恋人宣言するつもりだ。「残念だがこいつは俺のものだ」って自慢してやるのさ。

あの熱愛報道はグッドタイミングだったな。Ｌｏｖｅｒには内緒だが、実は俺がエサをまいたのさ。お前は俺の女だと世界に認めさせてやる。

明日はいよいよＬｏｖｅｒのファーストステージだ。今夜、彼女は緊張して眠れないだろうな。俺がそばにいるから安心しろ。誰にも気付かれないようにそっと俺が守ってやる。

「Ｌｏｖｅｒ。眠れないのかい？　大丈夫だよ。みんなかわいいお前を見に来るんだ。だが、お前のプレイは本物だからびっくりするぞ。お前は明日からスターになるんだ」

ドレッサーの前で座ったままなかなかベッドに来ないから、俺はお前のそばに行って励ました。こういう時はとなりに座って話を聞いてやらなきゃな。なんでもベッドで解決できると思っている男がいたら、それは大間違いだぞ。

「私、ちゃんとできるかしら？」

もう目がうるんでいる。そんなに気が弱くてどうするんだよ。もうすぐお前はスターになるんだぜ。

「ＭＩＫＩＴＯの足を引っ張らないか心配なのよ。私のせいであなたに迷惑をかけたらどうしようかしら」

こんな時でも奴の心配かよ。お前はかわいいがイライラする。だけどこの場合は、俺の心配をしてくれているわけだよな。それならお前が死ぬほど愛おしくなる。いつだって俺の心は複雑だ。

「俺こそ歌詞を間違うかも知れないぞ。そういえばこの前、出だしを間違えて焦ったな、お前がしっかりフォローしてくれよ」

そんなはずはない、俺は完璧だ。だけどお前の気持ちが少しでも軽くなるようにおどけているんだよ。お前のことは俺に任せろといつも言っているじゃないか。

俺は手のひらにかわいいお前を乗せて転がしている気分なんだ。

待てよ、これもお前が見せている妄想なのか？


「そろそろ寝ようか」

俺はお前を抱き上げた。お前は俺の首ではなく、ローブをギュッと握りしめてつかまっている。なんてかわいい甘え方なんだ。おい、今のは反則だぞ。今夜の勝敗はすでに明らかだ。俺はまた、やさしい男に徹することになりそうだ。


さあ、オンステージだ！

オープニングはおきまりの疾走チューン、ではなくてバラードだ。意外だろう？

俺のように本物の歌唱力がなければ、絶対にやめた方がいいぜ。シラケちまったらこの後のノリに影響するからな。

今日の主役はなんといってもＬｏｖｅｒだ。

スポットライトに照らし出された俺は、彼女に捧げる『Eternal Flame』を熱唱する。しびれるだろう？　彼女は、アコースティックギターを演奏する手元にだけライトを合わせる。Ｌｏｖｅｒがいったいどんな子なのかはまだお楽しみだ。

曲のラストには彼女の手を取ってひざまずき、貴族のように口づけた。

そこでライトダウン、ステージは一旦真っ暗になる。さあ、俺のメタルエンジェルよ、眩しいライトが一斉にお前を照らすぞ。そのエレキを掻きむしれ！　お前のプレイで俺は『Black Shaft』を狂ったように歌うんだ。ヴォーカルもバックも激しい、激しい曲だ。お前の実力を見せてやれ！

Ｌｏｖｅｒは本当に凄かった。あんなに華奢な女の子がよく、ハードのソロを飛ばさず正確に速弾きできるよな。何度見ても感心するぜ。そしてなんといっても、のけぞるようなしぐさのチョーキングヴィブラートがセクシーすぎる。それだけでもショーを見に来た甲斐がある。こんなにたくさんの男がお前を見ているんだぜ。奴らが何を考えながらお前を見ているのかと想像したら、俺は嫉妬で気がおかしくなりそうだ。この高ぶった感情こそが俺のシャウトにパワーを授ける。

俺たちの音楽はそうやって完成する。それでこそソウルフルだ。

そのスリップドレス、似合っているよ。やっぱりＬｏｖｅｒは最高だ。見ろよ、みんな度肝を抜かれてノリどころじゃないぜ。すっかり魂を奪われて、全員、目も耳もお前に釘付けだぞ。

俺たちは次から次へとプレイして、そのどれもが最高の手応えを得ることができた。

ラストに披露したのは『The Illusion』アリーナ全体がひとつになれるポップで華やかな曲だ。

俺は華奢なお前を肩に乗せ、手を振ってスタンディングオベーションに応えた。お前にはアメリカデビュー戦だが、俺にとっては復帰戦だ。

Ｌｏｖｅｒ、大成功だぜ。俺の肩に乗ったお前は幸せを運ぶ天使のようだ。そりゃそうだな、お前は俺のメタルエンジェルなのだから。

だけど、俺の狙いはここからさ。そう、アンコールは『Angel Voice』大観衆の目の前で、お前にプロポーズするよ。前奏のせつないピアノが流れる間に、俺は七色に光るピックをお前の指に持たせた。細い指に蝶が止まって遊んでいるように見えるだろう。そしてお前がゆっくり弾き始めると、俺はお前の胸から首筋へと人差し指でたどっていき、最後にかわいいあごを持ち上げて、唇にキスをした。大観衆の前で堂々と、お前は俺のものだと宣言したんだよ。

お前は涙を流しながらも懸命にソロを弾いていたな。この曲のギターソロは、バラードにしては力強く、ギタリストが全身で弾くものだ。だけどかわいいお前は泣いてしまって、最後まで弾けなかったんだ。だからお前をギターごと後ろから抱いて、お前を挟みこむようにして俺がお前のギターを弾いたのさ。エンディングにお前の髪をなでたところでライヴは終了した。

Ｌｏｖｅｒ。わかってくれたかい？　俺はこんなにもお前を愛しているんだ。

「今夜のお前は本当に素晴らしかったよ。これで俺のメタルエンジェルは、デビュー早々スターだな」

『エレベーターの中では暇だから、恋人たちはキスをするんだよ』

そんな俺の話を信じたお前は、夜景に背を向け、俺を見上げてその時を待っている。本当にかわいい奴だな。

「疲れただろう？　今夜は早くおやすみ。それとも興奮して眠れないかい？」

最後の方はもう耳元でささやいて背中に手をまわした。いざ、という時、お前は必ずうつむくんだ。気付いているかい、その癖に。だから俺はあごに指をかけて、かわいい顔を持ち上げてやらないといけない。愛し合う時も、あくまでもお前は受け身でいたいんだ。奴のことを命の限り愛したから、この俺には愛されたいんだな。お前のそんな無意識のしぐさに、俺まで悲しくなるんだよ。

「ＭＩＫＩＴＯも疲れたでしょう？」

お前は俺の手をちょっとつねるようにして、またうつむいた。

今夜は俺しだいってわけか。なるほど、お前も考えたものだな。

ついさっき大観衆の目の前で、俺の愛をその身に受けたのに、お前はまだ愛して欲しいのかい？

お前を夜通し愛し、その上何もかも計画し、すべてを完璧に実行する俺がだぜ、ライヴをしたぐらいで疲れるわけないじゃないか。お前の妄想から生まれた俺は信じられないほどタフな男なんだ。かわいいが、お前も相当欲張りな女だな。

すねるなよ、わかっているさ。甘えん坊のお前は抱いて欲しいんだ。

やがて最上階に到着し、扉が開いた。エレベーターは直接部屋にアクセスするが、正面には目隠し用のアートウォールをたて、わざわざエントランスホールに造りかえた。ここから先は何人たりとも立ち入り禁止エリアだ。もちろん妄想の世界に訪問者などいないが、いかなる関係も、費やした時間も、生死さえも超えた自由を手に入れ、いっさいの係わりから独立した二人だけの空間で、お前だけに向き合い愛してやりたいのさ。氷のように冷たい大理石の床には、この壁際に白いコンソールテーブルを置いた。俺は彼女を抱え上げてその上に乗せてみた。俺のすることにお前は無抵抗だから、乗せた、というより置いた感覚だ。そして少し離れてながめた。華奢な猫脚のアンティークに、俺の大事な人形はよく映る。かわいいお前はお行儀よくひざを閉じて少し顔を斜めに傾げている。ピンク色の唇が何か言いたそうだ。思ったとおり絵になるな。

さて、どうしようか。

小さな口が開くよりも速く、しなやかな腕をまとめ上げ、後ろの壁に押しつけるようにしてキスをした。そうやってゆっくりと時間をかけてお前を溶かしてから、肩に担いで奥へと運んだ。

「ここは広すぎて不便だな。俺は待ちきれないからベッドを扉の前に持って来ようか」

真上からお前を見つめてこんな文句を言ったら、円らな瞳の人形は、かわいい声でクスクス笑って俺を喜ばせた。

何も要らない。お前がいればいいいんだよ。

「私は何度かミスをしたわ。でもそのたびにあなたがフォローしてくれた。ありがとう」

わかってるじゃないか、やっぱりお前は素直だな。

「お互い様だろ。俺たちは一緒にステージを作り上げているんだから。俺にはお前の音が一番シックリくるんだ」

音楽のハーモニーと、体の相性は共通点があるのかな。

「ＭＩＫＩＴＯでないと私は弾けない」

それでいいんだ。お前に他の男なんか絶対合わせやしないよ。だいいち俺が堪えられない。

「俺のプロポーズはどうだったの？」

お前に被さって、やわらかい声だけをかわいい耳元に聞かせた。

お前を見に来た男たちは、今頃お前が俺に抱かれているところを想像しているんだぜ。いい気味だ。

お前は俺が刻むスローのリズムに小さくあえぎながら、心も体も至福の時を味わっている。今日の素晴らしいパフォーマンスのごほうびだよ。さっきの返事はしなくていいさ、わかっているから。

お前に包まれると温かい。いつも俺をやさしく迎えてくれる。俺が帰って来るのを待っていてくれる、まるでスイートホームみたいだな。今もお前のやさしさが伝わってくるよ。

俺も若いが、お前はずっと若い。幼いといってもいいのかも知れない。初めて抱いた時はためらったぐらいだ。お前は充分に魅力的だが、その体は未完成だ。こんなお前を奴は捨てたのか？　お前は奴にもてあそばれて捨てられたのか？　俺が愛してやるから奴のことは忘れてしまえよ。

お前が奴を忘れてしまえば俺は消えるくせに、俺の言うことはいつも矛盾している。

俺は思うんだよ、俺が奴だったらな、と。

ああ、これがお前の現実だったら、お前はどんなに幸せだっただろう。奴がお前を愛してさえいたら、すべてはうまくいったのに。

ごめんよ、俺が見せる世界が素晴らしければ素晴らしいほど、お前はぼろぼろに傷つくんだよ。

そしてまたお前は、俺の腕の中に帰って来る。


Ｌｏｖｅｒは現実の世界で、肉体を放棄したのではなさそうだ。時々わずかな時間だが、あっちの世界に戻っている。彼女の瞳が一瞬うつろになるのがその証拠だ。魂の主体をこちらの世界に移したんだな。お前の肉体は現実の世界で何をしているんだろう。動くことさえできないだろうから、どこかに監禁されているのか、それとも眠り続けているはずだ。とにかく肉体がまだ残っているなら安心と言えよう。とりあえず、お前が消滅してしまう危険は回避できた。

次は、俺が奴に取って代わってどうやって生き残るかだ。

ここで時間の流れについて、もう一度整理しておこう。

前にも説明したが、無数にある現実の世界の事象は、それぞれクジを引いた瞬間に始まる。そしてそれらはクジを引く順序に従ってスタートする。いわばバトンリレー方式だ。新たに書き加えられた横棒によって、順位は一時入れ替わるが、大抵の場合、妄想の世界と言われるものは、誰かの現実の世界の後から作り上げられる。現実での経験や状況から逃れたい者が、後から覗きに来る別のクジが見せる世界だからな。だから二つの世界を行き来する本人だけは、過去に起きたことを知っていて、都合のいいように運命のあみだクジに横棒を書き足し、未来を変えては満足するのさ。これが妄想の醍醐味だ。そうしてますます妄想の世界に入り浸ることになる。

俺は完璧な男として登場するから、奴の記憶になど頼らなくても何ら不自由はしない。次々と発生する事態に充分適応していられる。だけど、お前のことが知りたいんだよ。男でも女でも、惚れた相手のことなら何でも知りたいだろう?

俺たちが日本にいた時ならともかく、ここアメリカではお前の情報はまだ少ない。お前をいきなり世間に注目させることによって、記者たちに俺たちの周辺を調べさせ、情報を逆輸入しようと俺は考えた。お前に直接尋ねるのが手っ取り早いのは百も承知だが、それだけは絶対にできない。俺はお前が望むとおりの奴なのだから。あいつはお前のことを何もかもわかっているはずなのに、今更きいてどうなると思う？

ここはお前が辛い現実で起きたことに、後から横棒を書き足して作り上げる世界だ。

お前がどうして現実を変えたかったのか、今、奴はお前のことをどうしようとしているのか。もしもお前に問いただしてしまったら、妄想の世界は目前で閉鎖して、お前は現実に強制送還されることになる。

俺はそこまで愚か者じゃないぜ。お前を守るためにならなんだってする。

奴は今どうしているんだ？　お前にこんなに淋しい思いをさせて、平気なのだろうか？　二人はまだ一緒にいて音楽をしているのだろうか？

それは無理だな。

彼女は現実の世界に長居はしない。時間にすれば一瞬だ。だが頻繁に戻っている。チラチラ覗きに行っている、そんな感じだ。

なぜだろう?

二人にとっては過去だが、俺にはこれから体験する未知の世界だ。お前を手に入れ、奴に取って代わるためには情報を入手しなければ。とにかく記者らの取材に期待しよう。


コンサートの数日後、音楽雑誌に俺たちの記事がさっそく載った。翌日の新聞の方が早かったが、芸能欄の速報だったのであまり詳細な情報はなかった。

「Ｌｏｖｅｒ、どの雑誌にも俺たちの記事がでかでかと載ってるぞ」

フン、大観衆の目前であんなことをしたんだ。スルーされちゃ俺も終わりだよ。

俺は確かに女から見て魅力的な男だが、今までこの類いの話題で世間を騒がせたことはない。女をこんなに強烈に愛したことすら記憶にないんだよ。お前に出会ってからしか記憶がないのだから当たり前か。俺に付帯する社会的な過去は、奴の過去を取って付けたようなものであり、俺の知ったことじゃない。

とにかくお前は特別さ。さあ、俺たちは今や注目の的だぜ。お前はなんたってこの俺が愛してやまない女だからな。ビルディングの下の階では人だかりができているだろう。

どうする？　ここからもう一歩も出られないぜ。

彼女がシャワールームに入ったのを確かめた後、俺は急いで数冊の雑誌を乱読した。

俺たちは日本で出会った。二人でユニットを組んだ時、お前はまだ高校生だった。俺はお前より年はいくつも上だが、アメリカからやって来た転校生としてある時、同じ高校に編入したようだ。その時すでに俺はアメリカで実績のあるシンガーだったから、お前と音楽をしながらお前が卒業するのを待った。そしてお前の卒業と同時に活動拠点をアメリカに移し、今日を迎えた。要約すると、そんな内容のエピソードが載っていた。

俺だってそれぐらいのことは知っている。彼女との何気ない会話のやりとりで得た基本情報だ。俺の得意技のひとつでもある読心術は、心理学を究めた専門家にさえ引けを取らないと自負している。気になるのは奴が彼女をどう思っていたかだ。何種類もの雑誌に、その頃から二人は恋愛関係にあったと記されている。日本みたいな有名人の恋愛沙汰に敏感な国にいながら、奴は二人の仲を公表していたわけだ。なかなかやるじゃないか。ではなぜ、相思相愛だった奴が、愛するかわいい彼女を突然突きはなしたのだろう？　俗にスキャンダルと言われるような過去も表向きにはなかったようだな。俺の見当外れか？

　奴が、高校を卒業した彼女を迎えに行き、アメリカに向けて日本を発つ直前から俺自身の記憶はあるから、一旦アメリカに戻り彼女を迎え入れる準備をしていた時に、奴に何らかの変化が起きたのだろうか。それとも日本に着いてからか？

　いや、違うな。彼らの現実は彼女の妄想よりも先に起こったものだから、俺はまだ体験していないはずだ。今に至るまでどう考えても、彼女を愛せなくなるような事件は発生していないからな。今までの妄想は、いわば幸せだった頃の再現だろう。奴がアメリカから迎えに来てくれた時から始まっているもんな。俺は彼女の求めに応じてうまく演じただろう。俺だって彼女のことを心から愛しているのだから当然だ。今は思い出の、楽しかった過去を懐かしんで夢を見ている状態だ。

　肝心なのはこれからだ。

　二人に何が起こり、奴がどうなってしまうのか、その運命にどんな横棒を書き足して彼女は変えようとするのか？　その時、俺に求められることとは？

　これからこの世界で起こりそうなことについて、手がかりになるような記事が何かあるだろうか。

　それを探すんだ。

　あれこれ考えながら読んでいたから、肝心の記事を探し当てる前にＬｏｖｅｒが戻って来てしまった。

　お前に雑誌を見せるのは、すべての記事に目を通してからだ。

　俺の知らない事実で彼女を傷つけてはならない。俺は雑誌をベッドの下に放り込んで、とりあえず隠した。

　今、お前を守れるのは俺しかいないのだから。

「これでお前はスターだし、俺たちは公認の恋人同士だ。ＬｏｖｅｒがアメリカCA

に来てからいいことだらけだな。これからは二人とも忙しくなるぞ」

　また、ドレッサーの前でお前の髪を乾かしながら、鏡に向かって明るく言った。

そして、先日のコンサートの話題に限って載せていた一冊の雑誌を広げて見せた。

掲載写真はキスシーンだった。

「恥ずかしいわ」

　お前らしい、かわいいコメントだな。そして、意外なことを口にした。

「MIKITOは日本にいた時とちっとも変わらないのね」

　奴についての貴重な情報は、図らずもお前の口から聞くことになりそうだ。

「学園祭でも同じことをしたじゃない。いくらあなたはアメリカから来た転校生だからって、それにもう卒業した後だったけど。私は在校生だったのに、次の日は恥ずかしくて学校に行けなかったわ」

　お、俺のプロポーズは二番煎じだったのかよ。クソッ、奴は考えることが俺と似ているな。

「そ、そうだったな。でも今回はスケールが違うだろう。感動したかい？」

「あなたの気持ちが変わらないでいてくれて……」

鏡の中の彼女が急にうつむいて泣いてしまった。幸せな妄想の中にいながら、まさか本人が泣くことはない。辛い現実の記憶が交差しているのか。今彼女が言ったその言葉にこそ、現実とは決定的に違う、まさに二つの世界における誤差が生じている証拠がある。

肩を震わせて泣くお前を抱きしめて、ただこう言ってやりたい。

「当たり前じゃないか。今だって変わらず俺はお前を愛しているんだよ」

と。

本来なら、お前が満足するように、やさしい笑顔でそうささやくのが俺の役目だ。だが、お前はここに見たい夢を見に来ているだけだ。現実の世界に戻った時、お前がさらに傷ついて、絶望のあまり肉体を放棄するんじゃないかと心配でたまらないんだよ。

これ以上お前をどうすればいい？

鏡に映った俺を見ないでくれないか。今俺は、途方に暮れた顔をしているはずだから。

こんな夜は、窓の外はいっそ、激しい嵐がいいだろうか。

こわがって泣いてもいいぞ。俺はお前のいとしい人さ。顔も体も同じだから、奴だと思って甘えろよ。お前さえそばにいてくれたら、俺はそれでいいんだ。

ああ、もうそんなに泣かないで。ごめんよ、俺のせいだ。俺がためらったからいけないんだ。お前の夢が覚めないように俺がちゃんと守るから。

お前は完全な妄想が見られなくなっている。奴とは微妙に違う俺に違和感を覚えたのかも知れない。何かが崩れ始めている。ここは俺の支配下にある。守りを強化しなければ。

いきなり稲妻が暗いベッドルームを貫いた。

ここは８９階。流れ星が直接降ってくる最上階の部屋だ。当然、稲妻の迫力も相当なものだ。真っ暗なステージで、突然スポットライトを浴びたように目がくらむ。

驚いて取り乱したＬｏｖｅｒが俺の胸にとびこんで来た。

「大丈夫だよ。お前には俺がいるじゃないか」

俺はお前を温かく包み込むと決めていた。もうどうなったって構うものか。これ以上お前の涙を見ていられないよ。

ひざまずいて目線を合わせ、俺がやさしい笑顔を見せると、彼女はいっそう泣き出した。今夜のお前は女ではない。知らない夜道で迷子になった少女の顔をしている。窓ガラスに走って流れる無数の雨は、小さな頬を伝っては落ちる彼女の涙だ。

俺は迷子をやさしく抱き上げ、ベッドに連れ去って、ひとつ、ひとつ、最初から愛を教えた。


お前は初めて男を迎え入れた時に戻っていた。俺を信じ、健気に従っている。すべてをゆだねてその身を任せた。そしてまた泣き出した。

Ｌｏｖｅｒ愛してるよ、俺こそお前の男だ。

約束するよ、お前の願いを叶えてやる。妄想ではなく、運命を書き変えてお前を現実の世界に戻してやる。

たとえもう会えなくなっても俺のことを覚えていておくれ。

俺はお前の男だ。

やがて窓の外は遠雷が微かに聞こえる程度になって、お前は俺の腕の中でおとなしくしている。

嵐の夜にやっと、懐かしい古巣を見つけたヒナ鳥のように。


俺の愛にすがって落ち着いた彼女が話し始めた。

「ねえMIKITO。命のロウソクって知ってる?」

何を言い出すのだろう。

「ああ。自分の余命を示すロウソクが残りわずかだと知って、生きたいがために息子のものとは知らずにそのロウソクを、自分のものに継ぎ足してしまったという父親の昔話だろ? 愚かでマヌケだが、ぞっとするような話だぜ」

「お話はともかくね。もしそんなことができるなら、私のロウソクはMIKITOのために使いたいわ」

いつもそうだが、今夜のお前はさらに不安定だな。こんな時は現実の世界に戻してはならない、絶対にだ。

「Ｌｏｖｅｒは馬鹿だなあ。俺のロウソクはきっと誰のよりもぶっとくて、特別仕様だぜ。お前のロウソクなんかじゃサイズが合わないよ。ちょっと試してみるか？」

「ＭＩＫＩＴＯったら」

激しい雷雨が一斉に窓の外を呑み込んだように、俺は何もかも取り込もうとして、狂ったようにお前を貪った。俺の中に封じ込めておく以外に、今のお前を守る法があるだろうか。遠い昔より男に具わる本能が、決して手放してはならないと俺を駆り立てる。

お前はたった今、俺を生かすために犠牲になりたいと言ったんだ。奴は危険な状態なのか？

やっと眠りについた彼女の細い腕をそっとほどいて、俺はベッドの下の雑誌を手探りで引っ張り出した。お前は大事な人を引き留めるように俺にしがみつき、そして眠ったからだ。

探さなければ。奴に何が起こったのか、学生の頃から二人の仲を公にするほど愛していた彼女を、なぜ突然突きはなしたのか。

残念ながら手がかりになりそうな情報はなかった。ただ、今後俺たちが活動拠点とする数軒のライヴハウスの一覧が、簡単な地図とともに記載されていただけだった。Ｌｏｖｅｒが出演するとなるとオーナーが喜びそうだな。どこのホールも彼女のおかげで満員御礼だ。

「Ｌｏｖｅｒ。さしあたり大きなイベントはないから、ライヴハウスをまわって挨拶がてら調整するか？」

モーニングのコーヒーカップを手に取った彼女に声をかけた。

「そうね。音合わせはしなくちゃね」

音楽の話をすると活気が戻った。お前もプロだな。それからデートもしようぜ。昨夜の償いにどこへでも行きたいところに連れて行ってやる。何でも好きなものを買ってやる。

お前が笑えばそれでいい。

Ｌｏｖｅｒを助手席に乗せて軽くキスをしてから発車した。

お前はレザーのショートパンツにニーハイブーツを履いている。参ったな、白い太ももが眩しすぎて運転に集中できないじゃないか。今日のメタルエンジェルは、幼い少女が大人の女の真似をしているみたいだ。そんなお前がとてもかわいくて俺はけっこう好きだぞ。

まるで小悪魔だ。


最初に向かったところが照明機器の調整中だったので、二軒目に立ち寄った。

ここでは、開場まではリハーサルをしようが、ラウンジのバーコーナーに昼間から飲みに来ている常連にタダできかせてやろうが構わない。俺には馴染みのところだが、彼女は初めてだから、要領を教えて、動線をチェックしておくように指示した。お前はぶら下がりのライトの位置をひとつひとつ気にしている。大丈夫だよ。ここの技術は一流さ。かわいいお前のパフォーマンスをばっちり照らしてくれるから。

Ｌｏｖｅｒはすっかり有名人だから、すぐに大勢のファンに取り囲まれた。かわいいからスターというよりアイドルだな。ちょっと待て。サインはいいが、握手は遠慮しろよ。おい、そこの奴、ハグなんかもってのほかだ。

今夜飛び入りでプレイするかと尋ねたら、俺に任せると言った。俺はライヴよりお前とデートがしたいぞ。

お前の現実がこの時点まで進んでいたなら、ここにも来たはずだな。だが、お前は妄想の世界では、何でも初めてのように振る舞わなければならない。過去に経験したことを途中で思い出してしまっては現実との誤差に気付くだろう。これには、時の流れをあらわす二本の平行線を引いて説明する。一本は現実、もう一方は妄想だ。それぞれの直線上には、過去と現在の点がある。妄想の現在から現実の過去を振り返るには、現実の直線を斜めにながめることになる。この時に二つの世界の誤差に触れるおそれがあるということだ。

昨夜と同じ、手術中に麻酔がきれるような灼熱の痛みを味わうことになる。

俺はこれから起きる何かに対し、常に気を配りながらもお前のことが心配でならない。

俺には迷子を保護した責任がある。

結局ここでは軽く俺と合わせただけで、次のライヴハウスを見に行った。

「ひやかしただけで悪かったな。俺たちは忙しいんだ。Ｌｏｖｅｒが見たけりゃライヴを楽しみにしていてくれよ」

俺は奴らにそう言って、彼女の肩を抱いて外に出た。

俺たちは恋人同士だ、文句があるか。


それからさらに三軒目のライヴハウスを見に行って、そこを出た後、彼女が次はどこにあるかと尋ねてきた。

「今日中に全部まわる必要はないんだよ、スタンプラリーじゃあるまいし。それよりどこかで休憩しないか？」

今日のお楽しみはこれからだ。もうデートにしようぜ。

「それにここからはちょっと遠いんだ」

そう言うと、

「じゃあ今日は無理ね。でも近いうちに全部連れて行ってね」

と、あきらめてくれた。

「Ｌｏｖｅｒはやる気満々だな」

俺がほめるとにっこり笑った。小悪魔め、えくぼがかわいすぎる。

さあ、デートはどこへ行こうか。俺はハンドルを切った。お前とならどこへでもいい。誰も知らないところへ連れ去ったら、俺だけのものになってくれないか？

なんという名前の川だったかな、わりと大きめの川に沿って走っていたら、お前が近くに行って見てみたいと言ったので、車を停めて河川敷に下りて行った。

あ、待て。危ないぞ、手を繋ごう。

しばらく水の流れをながめた後、屋台でクレープを売っていたので、二つ買って土手に腰かけ、二人並んで食べた。なんだか高校生のデートみたいだな。

高級ホテルのディナーじゃないが、こんなデートもいいもんだな。お前がいつもよりずっと近い。

「見ろよ、カップルだらけだぜ」

夕暮れの川辺には男女二人ずつ、等間隔にずらっと並んでいる。もう愛をささやいている奴らもいるぞ。幸せそうだな。

彼らはこれからどうするのかな？　決まってるじゃないか。俺はひとりでニヤニヤしてしまった。本当にどうかしているよな。こんなにお前を愛してどうするつもりだ。

ちょっと頭を冷やそう。

「飲み物を買って来るよ」

なんだかそわそわしてきたから、そう言ってその場を離れた。大人気ないな、まったく。俺まで高校生みたいだ。

キウイとマンゴー、どっちがいいかな。二種類買って俺は迷った。結局マンゴージュースを彼女に手渡した。その方がいいと思った。

「ありがとう。覚えていてくれて」

なんだろう？　俺もそんな気がしたんだ。お前はマンゴーが好きなんだな。お前に似合いのやさしいオレンジ色だ。

「ちょっと息苦しくなるだけなのに、あの時も保健室に運んでくれたわね。みんなポカンとした顔をして見ていたのよ。恥ずかしかったけれど、とてもうれしかったわ」

彼女の話によると、高校の軽音楽部の練習中に差し入れがあったんだ。キウイの入ったジュースを彼女が間違って飲んでしまったらしい。それで奴が慌てて彼女を保健室に抱えて行ったようだ。俺はその出来事を知りもしないのに、それらしく相槌を打ってなんとかその場を切り抜けた。

お前はキウイアレルギーなのかよ。アレルギーぐらい事前に調べておけばよかった。しっかりしろよ、俺のミスだ。ごめんよ、お前を危険にさらすところだった。

だが、妄想の中で思い出話をすることは、もっと危険だ。何でも成り行きに任せて、初めての感覚で経験しなくては。過去とともに現実との誤差を思い出したりしたら、昨夜のような苦しみを味わうことになる。

お前はなぜ危険を冒してまで思い出話をしようとするんだ？　ここは幸せな妄想の世界じゃないか。

それにしても、お前にはキウイジュースを渡したらだめかなって感じたのは、愛し合う二人は以心伝心ってわけか。なんだかうれしい。

きっと、よっぽど楽しかったんだな。いつでも思い出していたいほど、奴と青春を過ごした高校時代が。どうせなら、お前の妄想も、その頃からスタートさせればよかったじゃないか。いや、そんなことをしていたら間に合わないんだ。お前の大事な奴は今、危険な状態にいるんだろう？

さすがに水辺は冷えるな。Ｌｏｖｅｒはかわいいショートパンツ姿だ。風邪でも引いたら大変だ。俺は先に立ち上がった。

「さあ、行こうか」

また、車を走らせた。もう日が暮れて辺りには街灯がつき始めている。

しばらくして、次はどんな音楽をかけようかと尋ねたら、返事がなかった。彼女は助手席で眠っている。あちこちまわって疲れたんだな。またお前が昨夜の少女に見えてくる。奴のために犠牲になりたいと言ったお前。俺の言うことも、俺がすることも、素直に信じて頼っているこの子を幸せにしてやりたい。心からそう思った。

ほら、俺の肩にもたれてもいいぞ。安全運転には自信があるんだ。

地下のパーキングに車を停めて、ギターは、と仕方がない、後で取りに来よう。お前を起こさないようにそっと抱いて、最上階専用のエレベーターに乗った。

今日はエレベーターのキスはおあずけだな。

夜の街から俺たちだけが絞り出されるように、上へ上へと押されて登っていく。あまりのせつなさに、眠るお前の唇にそっと触れた。

俺が奴だったらな。

扉が開いて部屋へと運んだ。お前をベッドに静かに下ろし、窓際に立って、今夜は俺がお前の代わりに夜景をながめた。

今日も何度も現実の世界に戻っていたな。自分の女が他の男のところへ通うのを知っていて、燃えるような怒りを抱いているが、かといって彼女を責めて関係を終わらせたくない。だから仕方なく黙認しているような、どうしようもないやるせなさだ。嫉妬？　ジェラシー？　そんな類いではない。

俺はこれから二人の幸せのために尽くそうとしているのだから。

すべてはお前のため。お前は俺に助けてほしくて呼び出したんだろう？　この妄想の世界に。俺にすがっていればいい。

　俺はお前の男なのだから。


　あくる日、案の定Ｌｏｖｅｒは風邪を引いてしまった。

「夕べ寒かったんだろう？　言ってくれたらよかったのに」

　ベッドの横で彼女が差し出した体温計を見たら、確かに熱がある。それに具合が悪そうだ。

　ただでさえ緊張するファーストコンサートを終えたばかりだったのに。ライヴハウスだ、デートだなんて連れまわしたりせず、ゆっくり休ませてやればよかった。

　病院に行くのは嫌だと言ったから、部屋を暖めてそばにいた。

　お前は一日のほとんどをここで暮らしているが、あっちの世界にたびたび戻っては、辛い現実に直面しているんだもんな。心身ともに疲れ果てているはずだ。

　ごめんよ。とにかく今は何も考えずにゆっくり休め。

「何かほしいものはあるか？」

朝から何も食べていないから心配なんだ。

「なんにもいらない。食べたくないの」

薬は苦いから嫌だと、また子どもみたいな我が儘を言うお前に、口移しで解熱剤を飲ませてやった。すると俺を頼りに胸にもたれた。うつろな目をした小さなかわいい顔を両手で包み、額に額をくっつけてみた。

「ほらな、しんどいんだろう。顔が熱いぞ」

俺はお前のことが心配なんだよ。それから横にさせると、小さな声で言った。

「MIKITOに移るといけないからあっちへ行って」

馬鹿言うなよ。この俺が風邪なんか引くわけないだろう。自慢じゃないが俺の体は相当強い方だぜ。

「ヴォーカルが喉を傷めては大変だもの」

確かに有名ミュージシャンたるもの、自分の健康管理は何より大切だ。

こんな時、奴ならどうしただろう？　それなら考えなくても簡単だ。

「Loverと一緒に寝ちゃおうっと。俺が暖めてやるからお前の風邪を移してくれよ」

いきなりベッドにもぐりこんで、熱っぽい細い体を抱きしめた。

「俺がそばにいるから安心しろ。ゆっくりおやすみ」

彼女の髪をなでて熱い額にキスをした。

俺の答えは正解だった。彼女はクスクス笑って目を閉じた。

俺は、何げに憎い恋敵と気が合うようだ。

二人は本当に幸せだったんだな。


寝転んで高い天井を見ながら、奴の現在の状態について仮説を立てた。奴はいったいどんな理由で彼女を愛せなくなったのか、俺は知る必要がある。この腕にはもちろん、俺が守るべき大事な女を抱いている。

最初に言っておくが、これは彼女の単なる片思いで、実は二人は他人同士だった、とは思っていない。俺と愛し合った時にそれはわかるからだ。奴と彼女は以前、確かにそういう関係だったということだ。

では一つ目は、単純に奴が心変わりをして彼女を捨てた、というもの。奴はスターだから、名声のためか、あるいは金のためか、もしくは他の女に目移りしたか。理由はともあれ奴はひどい男だ。あんなに奴を信じていた彼女がひどく傷つき、恋しい人の姿を慕って、妄想の世界へ迷い込むのも無理のないことだ。

そして二つ目は、彼女の恋人はもうこの世の人間ではない、いわゆる死亡説。実は、妄想の世界が作り上げられるもとは、この理由によるものが非常に多い。一番せつなくてどうしようもない。だが、そのほとんどがいずれ妄想なんかより、幸せだった頃の大切な本当の思い出に帰っていく。

次に三つ目。奴は彼女の目の前から突然姿を消してしまい、現在も行方不明になっていて、まったく連絡がとれない状況にあるというものだ。もしも誰かに監禁されているとしたら、それもこの状態とほぼ同じといえる。

そしてこれが最後だ。奴は彼女と一緒にいる、もしくは所在は明らかだが、病気かけがによって体が極端に弱っているというもの。これは単に、奴は病床にある、という意味ではない。もし回復の見込みがあるのなら、愛する人を放っておいて妄想なんかするものか。このＬｏｖｅｒなら、必死で看病しているだろう。だから意思の疎通もできず手の施しようのない、いわゆる植物人間の状態にあることを指す。自分や愛する人を覚えていないのだから、記憶喪失になっている場合も同様だな。彼女の立場からするとこれらも相当辛いはずだ。

どの仮説も考えられないこともないが、まず消去法だ。二つ目の死亡説は、彼女の奴への執着が、以前より強くなってきていることから、候補から除いてもいいかも知れない。恋人の死は確かに相当辛いものだから、一時妄想に浸るのは当たり前であるが、自然と死を受け入れ、執着よりは楽しかった思い出を大切に再現するものではないだろうか。彼女の場合、一番楽しかった高校時代が終わったところから始めている。これは思い出を懐かしむよりも重要な、その頃奴の身に起こった何かに、変化を求めているからではないだろうか？

そしてこの仮説の中で一番急を要するもの、三つ目も除くべきだ。今すぐ状況を変えなくては、それこそ奴の命そのものが危うい。そしてそのためには、彼女が妄想の世界に迷い込んでいる場合ではないからだ。現実の世界にいてこそ奴を救える可能性がある。警察や探偵に依頼するはずだ。その後何らかの理由で奴が彼女を愛せなくなったなら、そこから別の仮説に移行する。

では、残ったのは一つ目の心変わり説と、最後の長期にわたる意識不明、もしくは記憶喪失状態説、ということか。

俺は出会った時の彼女から、愛を失った悲しみを強く感じたので、最初から奴が勝手に心変わりをして彼女を捨てたんだと思っていた。いや、今もたぶんそんなところだろうと思っている。だが、明らかに彼女は焦っている。命のロウソクの話なんかを持ち出して、もう時間がないと感じている。なぜだ？　幸せな妄想の途中にそれも頻繁に、わざわざ現実に戻ったり、あえて思い出話を持ち込んだりして危険なことをする。どちらの説もこれ以上時間を無駄にせず、状況を変える必要があるが、より逼迫しているのはどっちだろう。奴の命が危険にさらされているのは？

では現実の世界にいる奴は、意識不明というわけか？　普通に暮らしていて記憶だけを失っている状態なら、彼女は奴のそばにいて思い出させるように全力を尽くしているはずだからな。

彼女の呼びかけにも応じず、ただ眠った状態なのか？　そして意識のないその肉体が、生命を維持できる限界が近づいているのだろうか？　まだまだ検証する必要があるな。

暖かい部屋のベッドでＬｏｖｅｒを抱いているから汗ばんできた。

彼女は汗をかいたから、熱が下がるだろうか？　ローブを着替えさせないと。次に目を覚ましたらすぐに着替えられるように用意しておこう。それから水分補給もさせないとな。

俺はお前を起こさないようにそっと後ずさりしてベッドを出ようとしたら、ドスン、とケツから落ちてしまった。

完璧な男もたまには失敗する。


だだっ広いバスに少し熱めの湯を張った。目を覚ましたお前が「お風呂につかりたいの」と言ったからだ。熱が下がったんだな。一安心だ。

俺は服を脱いだ。

「Ｌｏｖｅｒ。さあ、行こうか」

着ていたローブを剥ぎ取ると、お前は俺の首に腕をまわした。高校生の時、奴が保健室に運んだみたいにお前を抱えてバスルームへ連れて行き、俺たちは運命をともにするかのように、そのまま二人で熱い湯に沈んだ。

「Ｌｏｖｅｒ、サッパリしたか？」

お前の髪にドライヤーの風をあてながら尋ねた。

「何か食えよ。何が食べたい？」

鏡の中のお前はコクンとうなずき、目を少し斜め上に向けて考えている。唇までつられて上がってるぞ。

お前は本当にかわいい人形だな。きっと奴もそう思っていただろうに。

可愛がってくれていた人とはぐれ、ほったらかしにされた人形が不憫だった。


迷子の人形は、コーンスープとマフィンをおいしそうに食べてくれた。

もう少し寝るか、と尋ねたら「もういい」と顔を横に振って、テーブルを片付けようとしていた俺のそばに来た。そして後ろから、俺の腰に腕をまわして抱きついた。

「ありがとう。そばにいてくれて」

小さいが、心のこもった声が聞こえた。

奴ではなく、俺が言われたような気がした。

お前は、たとえどんなに美しくても、人が羨むような才能を持っていても、誰かに頼らないと生きられない女だ。どうしても守ってやりたくなるんだよ。

俺はその手をほどいて振り返った。ひざまずき、細い両腕をつかんでお前の顔を見上げた。これほど愛おしいものを見たことがなかった。何も言わずに下から突き上げるようにキスをした。

だめだ、お前を手放せない。

お前は宙に浮くように抱き上げられ、俺の愛を浴びた。


その後、まる一日どこへも行かず、部屋で音楽をきいたりしてゆっくりと過ごした。お前がいればそれでいい。

あくる朝、すっかり元気になったＬｏｖｅｒが、ライヴハウスにまた行きたいと言ってきた。

「そうだな、ロックフェスティバルまでに、いくつか小さいライヴをこなして調整するか」

ロックフェスティバルとは、その名の通り毎年開かれる、ハードロックを中心とした有名アーティストが大勢共演する音楽の祭典で、年に一度のビッグイベントだ。今年からLoverも俺と一緒に仲間入りさ。例年以上に盛り上がるだろうな。今年はまだ先だが、このイベントに参加すると一流アーティストとしての箔がつく。それまでにライヴでしっかり場数を踏んでおかないとな。

言っておくが、この類いの情報は、俺に貼り付けられただけの奴の外部データによるものだ。俺の経験でも記憶でもない。

まだ顔を出していなかったライヴハウスに連絡して、見学がてらLoverを連れて行くからプレイさせてくれと言ったら、すぐに広告をうつから早く来てほしいと言われた。バックのメンバーも協力してくれるらしい。ドラマー、ベーシスト、それからキーボーディストも心強い、一流ぞろいだ。みんな俺たちを待ってるぜ。

お前はもう人気者だ。今夜、噂のメタルエンジェルが見られるぞ。

「ここはドームなんかと違って、すぐそこで観客が見ているライヴハウスだ。近いからお前の指の動きもよく見える。ごまかしはきかないぞ。いつもどおりしっかりやれよ」

さっきからライトをチェックしているＬｏｖｅｒに指南した。あ、いけね。緊張したかな？

メンバーに紹介して演奏する曲を合わせた。初めてとは思えない、いい仕上がりだ。ほとんどがワンテイクあれば充分だった。さすがはプロだ。

今日はビッグステージではないのでラフな格好で寄越した。いいか、白いシャツのボタンを外すのは二つまでだぞ。ボトムスはヴィンテージのジーンズだが、スタイルがいいのでさわやかな女らしさが漂う、いい感じだ。クロスペンダントと黒革のバングルブレスレット、それにフィンガーレスグローブはいつもどおり、結構サマになっているな。

「緊張するな、高校の学園祭と一緒さ。友達が応援していると思えばいいんだ」

気の弱い相棒を励ました。

「大丈夫だよ。お前のプレイは本物だ。それにお前には俺がついているじゃないか。何があっても守ってやるさ」

「そうね。あなたと一緒だもの」

彼女が俺の手を握った。安心したかい？　ごめんよ、俺は知らないんだ。

出演をいきなり当日に決めたのに、客の入りはとてもよかった。お前が俺の恋人だろうがなんだろうが、彼らはちゃんと俺たちを実力で評価してくれているんだよ。こわがることはない。

今夜のお前も素晴らしかった。今更だが、俺たちは本当にウマが合う。たとえば最高にノッていてステージもフロアも全体が陶酔状態の時、ヴォーカルはサビだのコーラスだのを何度でもくり返すだろう？　それがいちいち合図しなくてもお前には伝わるんだよ。フロントマンが裏でごちゃごちゃ打ち合わせてたりしたら場がシラケちまうが、お前には俺のここっていうタイミングがわかるんだ。もちろん俺だって、お前のきかせどころを心得てるぜ。バックの奴らに俺から指示してお前のプレイをサポートさせる。その場で完成する音楽ほど素晴らしいものはない。客も俺たちも大満足ってもんだ。

見たか？　かわいいお前にはもうファンクラブみたいな集団もできていただろ

う。まだライヴをやっていないホールのオーナーから、催促の電話がかかって来たよ。

「おい、早くうちにも来てくれよ。水くさいんじゃないか」

って。今週はこうやって飛び入りでプレイして、お前と音楽を楽しもうと思う。


そうやって、俺たち二人はライヴハウス荒らしをしてみんなを楽しませた。

音楽はいいよな。ライヴなんかをした時は、俺にはお前を含めて人生そのものが音楽だと実感するよ。最近、本物の奴の気持ちがわかるような気がする。もちろん彼女への仕打ちはゆるしがたいが、奴の生き方、考え方、そんなのに共感するというか、他人とは思えない親しみさえ感じる。顔や体が同じだから無理もないか。音楽の好みも愛する女も、みんなオソロイってわけだ。もしも、このまま奴に成り代わって、俺が彼女の現実に現れても何ら問題なさそうだな。いっそ、そうなったらみんな幸せだ。二つの世界を同化させて、俺が奴に成り代わり、彼女を手に入れる。

俺の妄想は果てしない。

「ねえMIKITO、まだステージに立っていないところがあったでしょう？」

Ｌｏｖｅｒが指折りしながら出演したライヴハウスを数えている。

「そういえばひとつだけ、初めて行った時はなんかの工事の最中だったっけな」

そうだ、あそこはここから一番近いんだ。しかも他のホールより規模が大きくて格式も高い。フロアではなく座席指定制だから、ライヴハウスではなく小劇場だ。早くＬｏｖｅｒを連れて行っておかないと、オーナーがすねちまう。さっそく連絡して出演日と詳細を決めた。


「久し振りだな。アメリカに戻って来て、ここには一番に来たんだぜ。だけど照明のメンテナンス中だったから素通りしたんだよ。悪かったな」

自宅から最も近いこの会場に着くと、俺はスタッフにそう言って、彼女を連れ挨拶してまわった。そしていつものように軽く合わせて調整した。ここは劇場だからステージは広く、本格的な照明やその他の機材が多数備わっている。当然演出効果はライヴハウスより数段グレードが高い。俺もしっかり動線と立ち位置を確認して彼女に伝えた。

「三曲したら、お前を紹介するからソロを弾いてくれ。奴らが喜びそうな速いやつと、じっくりきかせるバラードの両方だ。そうだな『Fairy Land』なんかがいいんじゃないか。わかるな？　それとこの辺りで。大きなライトの真下に入ると光が反射してお前が見づらいからな」

ステージの中央からは少し外れるが、彼女のためにその方がいいと感じた。ライヴは失敗の許されない一回限りの生演奏だ。時には勘に頼ることも必要だ。そうだ、自分を信じよう。

いつもどおり、やっぱりお前は緊張している。早く慣れろよ、かわいい顔が真っ青だ。俺を見つめて涙さえ浮かべているじゃないか、まったく。

「大丈夫だよ。何があっても俺が守ってやる。お前をカバーしてやるさ」

俺は特上のウィンクをしてみせた。

ライヴは順調だった。

みんながお目当てのＬｏｖｅｒを紹介して、彼女はソロを演奏した。まず、誰もが期待している超絶速弾きを披露して観客をうならせた後は、じっくりとバラードできかせた。本物の実力者とはこういった曲をいかに情感を込めて弾きこなせるかで評価されるものだ。さすがにやるな。はじめはＬｏｖｅｒがかわいい女の子だからピーピー囃し立てていた奴らが、見ろよ、全員お前のプレイに釘付けだぞ。俺は最高に気分がいい。

突然、舞台中央を真上から照らす三番ライトが明滅し始めた。演出かと思ったが、リズムが合わない。どうしたんだ？　ここは「泣き」のギターだ。じっくりきかせるところだろう。

次の瞬間、小刻みにライトが震え出したかと思うと、そのまま俺たちのステージめがけて落下した。

「Ｌｏｖｅｒ、危ないぞ！」

俺はギターごと彼女に覆い被さった。命より大事なお前を守らなければ！　舞台に叩きつけられて砕けたライトのガラス破片が、ダイヤモンドを散りばめたように俺に降り注いだ。目玉をくり抜かれたライトの骸骨が、数回バウンドした後すぐ足元に転がって来て、こっちを向き「グウウン」と悶えてやっと止まった。その後、ちぎれた落下防止用のワイヤーが生きた蛇のようにシュルシュルと纏わりついた。

「Ｌｏｖｅｒ、大丈夫かい？」

　間一髪、危ないところだった。俺はかすり傷を数か所負ったがなんともないようだ。俺の下に隠した彼女は無事だった。よかった、本当によかった。お前が無事で。お前にもしものことがあったら俺は生きられない。だが、ガタガタ震えている。こわかっただろう。ここは舞台の上部にも大掛かりな設備が調っている劇場だ。この骸骨はおよそ何キロだろうか。高い天井から落下してどんどん加速し、さらに衝撃が増したようだ。当たっていたら無事じゃすまない。大けがどころか命を落としていたかも知れなかった。

　ホールのあちこちで悲鳴が上がり、全体がざわめいている。当然ライヴは中止だ。観客もスタッフも慌てている。

　おい、ついこの間メンテナンスしたんだろう？　馬鹿野郎、死ぬところだったぜ。

　そういえば、この三番ライトの真下は、本来なら彼女のソロの立ち位置だった。だが、なんだか嫌な気がして俺が本番直前に変えたんだ。ステージの中央なのに直感的に気に入らなかったんだ。というより実を言うと、変えなきゃいけないって誰かに言われたような、何かが俺たちめがけて飛んで来るのを前に見たような。なんなんだろう、まるでデジャヴだ。

そうだ、Ｌｏｖｅｒが汗をかいていたんだ。とてもとても熱かったんだ。燃えるように背中が。それに頭が割れそうだ。

Ｌｏｖｅｒはどうした？　無事だったんだな。泣くなよ、お前が無事ならそれでいい。

俺は、彼女をかばってライトの下敷きになったんだ。あの時……。

俺はめまいを感じた。立ち上がれない。この俺に何が起きたんだ？

心配して駆け寄って来る周りの奴らに構う余裕もなく、俺は彼女を抱えて車に乗せ、急発進した。とにかく彼女を連れてここから脱出するんだ。早く二人だけの部屋に戻らなくては。

「落ち着け、落ち着け」

また誰かの声が聞こえる気がする。もうどこをどう走って、ビルディングの最上階にたどりついたのかすら覚えていない。

俺に何があったんだ？　俺はいったいどうしたんだ？

彼女をなんとかベッドに下ろしてその場に座り込んだ。情けないがひざがガクガクして立っていられない。しっかりしろよ。

俺はこの事故を以前、確かに経験したことがある。俺自身の記憶だ。だが、その前は？　そしてその後、俺はどうなったんだ？　死んだのか？　それとも生きているのか？　もうお前の妄想の世界が始まった頃の記憶しかないぞ。つまり、俺は奴の断片的な記憶を持っているだけだ。いや、正確には断片的に奴の記憶を取り戻したということだ。なぜ現実の世界にいる奴ではなく、俺が？

まさか俺は奴なのか？　そんなはずはない。俺は、奴の身代わりとしてお前が妄想で作り上げた男だ。そうだよな？　だが、たとえ断片的でも奴の記憶を持つということは、俺は奴本人と無関係ではない。ひょっとすると俺は現実の世界にいる奴の魂、すなわち奴の意識そのものなのだろうか？　奴の意識が俺として、お前の妄想の中でお前とともに暮らしていたのか？　いや待てよ。もし仮に俺が奴だとしても、お前のことは知らなかったぞ。日本に迎えに行って初めて会った女だ。いったいどうなっているんだ？

それは後で考えるとして、とにかくLoverは賭けに出たんだ。たった今、あの事故を再現し、俺を立ち合わせた。現実には彼女をかばって大けがした俺に、妄想ではライトが落下して来ることを思い出させ、今度は逆に俺を守ろうとしたんだ。これが、彼女と奴の現実の世界に起こったことに、彼女が書き足したかったクジの横棒なんだ。

もし、俺が思い出せなければ、また同じ目に遭うが、その時は自分が犠牲になろうとしたんだ。ライヴ直前に俺がギターソロの立ち位置を変えなければ、お前はそのまま死ぬつもりだった。今回、俺はお前の真後ろ、ちょうどドラムセットの端にいた。だからなんとか砕け散るガラス破片から守れたが、もしお前がそのままステージの中央に立っていたら、間に合わなかったはずだ。そして落下して来たライトに直撃されて、おそらくお前は助からなかっただろう。お前の魂は死に、妄想は終了して同時に俺も消滅する。

だが、俺は過去を思い出したんじゃない。記憶とはいえない微かな気配を感じて危機一髪、二人は難を逃れたんだ。正確に言うと、思い出したのはライトが落ちた後だった。

本番前になるといつもお前は緊張するが、今日は顔が真っ青だった。このホールだったんだ。ここのステージだったんだよ、お前の思い出が探していたのは。そういえばお前はすべてのライヴハウスのステージを見てまわり、ひとつ、ひとつライトの具合を確かめていたんだよ。そしてここだと確信したんだ、あの事故が起こったのは。

あの時、「ＭＩＫＩＴＯ、気をつけて！」って、心の中で声が聞こえた気がしたんだ。日本では虫の知らせというのだろうか。テレパシーのような、微かな気配だった。だからライトの真下はやめさせて、俺もお前のすぐ後ろにいたんだよ。俺を見つめて涙を浮かべていたのは、お前の立ち位置を変えた俺が、これから起きる何かを感じていると知ったからだ。

震えていたＬｏｖｅｒは車に乗せた直後にとうとう気を失った。ただでさえ、あの恐ろしい事故を、もう一度体験したのだから無理もない。しかも今度は自分が犠牲になる覚悟で。そして大事な人が自分をかばったせいで、取り返しのつかない状態になってしまったことを思い出したんだ。この妄想の世界で、彼女が受けたショックと、現実との誤差に触れて味わった灼熱の痛みを思うといたたまれない。そんな状態でもお前は危険を知らせてくれたんだな。俺のために。

苦しむ彼女を病院に連れて行っても仕方がない。どうしたって説明のつかないことさ。それより俺がそばにいてやらなければ。目覚めた時、どんなに取り乱すだろう。ごめんよＬｏｖｅｒ。俺、もう一度体験してやっと思い出したよ。お前と一緒に事故に遭ったんだ。

お前は賭けに勝ったんだよ。俺はお前のおかげで自分が誰だったのか思い出した。そして二人とも無事だった。

だが、俺が奴の浮遊する魂、すなわち意識だとすると、なぜ彼女のことを知らなかったのだろうか。そんなに愛し合っていたのなら、たとえ肉体から離脱していたとしても、気がついた時、真っ先に思い出すはずじゃないか。

どうやら奴はあの事故のせいで意識とともに記憶も失っているようだな。つまり、俺は記憶を失った奴の意識なのか。俺は意識はあるが記憶はなかった。意識と記憶は似ているようで全然違う。意識とは感じたり、考えたりする心そのものだ。それに対して記憶とは頭が覚えている内容だ。だから俺は彼女との思い出がなく、初めて会った女のように愛したんだ。奴と俺は、記憶を失った男が、それまで愛していた女のことを忘れ、もう一度同じ女を愛したような関係だ。

　俺は本当に現実の世界にいる奴の肉体からとび出した意識なのか。奴の肉体はいわば抜け殻で、記憶喪失の俺が彼女の妄想の世界に導かれた、奴の意識だったのか。

　おそらく奴は現在も意識と記憶を失ったまま昏睡状態にいる。現実の世界にたびたび戻っては彼女が見守っていたのは、意識も記憶も持たない奴の体だったんだ。あっちの世界で、彼女の肉体は、自分の呼びかけにも応じず、ただ眠っているる奴のそばにずっといるのだろう。だから彼女はまったく動かずに妄想していられるんだ。

　以心伝心という言葉を知っているだろう。心から心へ思いを伝えることだ。テレパシーの一種といってもいい。奴、すなわち俺と彼女はそれが可能な仲だったんだ。音楽の仲間ならばよくあることだ。別々のパートを演奏しながら、流れに任せてアドリブに対応し、ピタッとその場で合わせるんだからな。ライヴ中にいちいち言葉に頼っていられないだろうよ。その上二人は愛し合う恋人同士だ、それも相当の。

彼女は奴が昏睡状態になっても奴の意識と以心伝心で交信できたんだ。この能力は気配を感じるとか、電話をかけようと思っていたらその相手からかかって来たとか、そういう類いの延長線上にあるもので当然ピンからキリまである。中には常識の想像をはるかに超えるようなことができる人間もいるんだぜ。それを使って彼女は奴の意識に呼びかけたんだ。自分の肉体に戻って来るようにと。しかし、その時すでに奴はあの事故のせいで記憶まで失っていたから、自分のことだとわからなかったんだ。目を見て他人の名前を呼ばれても返事がしづらいだろう、そんな感覚に違いない。そこで奴の意識に俺という、あたかも自分が作り上げたかのような別人格を与えて、妄想の世界に登場させたんだ。彼女の妄想の目的は、単に奴から愛されることではなく、奴の意識である俺に寄り添い、彼女との思い出を体験させることで記憶を取り戻させることだったんだ。Ｌｏｖｅｒは記憶を失った奴の意識と愛し合い一緒に暮らす妄想をしたんだ。

俺こそが今、奴が現実の世界で失っている意識なんだ。

俺は奴の意識で、記憶を失った奴本人だ。

そうさ、俺は奴の意識、いわば脳であり、心である。以前の奴と同じように感じ、同じように考える。そして、必ず潜在的に奴の記憶も持っているはずだ。だから奴が現実にしてきたことを、違和感なく再現してみせたに違いない。記憶喪失の人間には、以前の癖や習慣が残っていて、それが言動にあらわれるという話と同様だ。だから、彼女の思い出とぴったり合うわけだな。俺たちは、たとえ記憶を失っても、それが肉体を離れた心同士であっても、お互いを求めて愛し合わずにはいられないんだよ。

Ｌｏｖｅｒ。お前と一緒に俺の肉体が待つ現実の世界に戻ろう。そして俺たちはずっと愛し合って生きるんだ。

俺が自分は奴であることに気付いたと彼女が知ったら、本物の奴に愛されたことになる。こうして妄想と現実との誤差がなくなり、二つの世界が同化する。その結果、奴の意識である俺は奴の肉体に吸収され戻ることができる。肉体と意識は別だから、どちらも消滅しない。

早くこのことを知らせてやるべきだな。きっとお前は泣いてしまうだろうが、それはうれし涙だ。

いや、早まるな。ちょっと待て。

俺はうれしいだろうが、彼女はそれで満足するだろうか？　俺は奴に取って代わって彼女を手に入れようと思っていたが、それは俺が、自分こそが本物の奴だとは知らなかった時の話だ。あの事故以外、彼女との思い出を共有しない俺だけが戻っても、彼女にとっては妄想と同じことにならないか？

彼女を幸せにするために、愛する女を二度と妄想の世界に迷い込ませないために、俺は奴の記憶を携えて目覚めなければならない。

だが時間がない。俺の肉体は限界を迎えているはずだ。どうすればいい？

俺は俺だけの記憶を頼りに現実の世界の肉体に戻り、そこで目覚める。それから奴の、いや、俺の過去の記憶を取り戻すことを決意した。つまり肉体を維持してから記憶を取り返す算段だ。

お前が目覚めたら、俺はお前のいとしい人の心だと伝えよう。お前は俺が奴だと知っていて俺を愛していたんだな。そして俺ももう一度、最初からお前を愛したことを告白しよう。こうして妄想と現実を同化して、俺を迎えに来てくれたお前と一緒に帰るんだ。俺の肉体が待つ俺たちの現実の世界へ。そこでお前との思い出を取り戻すんだ。今度こそ。

この部屋ともお別れだな。もう二度と来ることはない。

Ｌｏｖｅｒ、命のロウソクを継ぎ足してくれてありがとう。一本になったこのロウソクは俺とお前のものだ。いつまでも燃え続けるよ。お前のおかげで意識を取り戻せる。もう一度、力を貸してくれないか。次はかならず記憶を取り戻してみせるよ。そしてお前と幸せに生きるんだ。

早く目覚めてくれないか。俺はお前が恋しくてたまらない。


「Ｌｏｖｅｒ、気がついたかい？　俺だよ」

「間一髪、間に合ったが、お前が危ないところだった。無茶なことをして。けがはないか？」

「ＭＩＫＩＴＯが、ＭＩＫＩＴＯが……」

目覚めたお前の目にもう涙が湧いてきた。辛い現実の思い出と、たった今の記憶を混同していた。もう大丈夫だよ。すぐに彼女の手を握った。

「見てごらん。お前のおかげで俺、無事だったよ。危険を知らせてくれたのはお前だったんだろう？　俺たちは心で伝え合う仲だったんだな。お前は俺の意識をこの世界に誘導し、自分が誰なのか思い出すように寄り添ってくれていたんだな」

Ｌｏｖｅｒがハッとした。

さあ、いよいよ妄想と現実の二つの世界が同化し始めた。

「そうだよ。お前が気付かせてくれたんだ。俺はＭＩＫＩＴＯさ、つくりものじゃない。お前の本当の男だ」

彼女が俺の顔に手を伸ばした。その手を取って、頬に当てた。俺はここにいるよ。

「俺がわかるかい？　事故に遭ったことは思い出したがそれ以外の記憶はないんだ。お前のことも覚えていない。だけど、俺はもう一度最初からお前を愛したんだよ」

「あなたは本当のＭＩＫＩＴＯなのよ。私の……」

「ああ、俺はお前のいとしい人さ。その心だ。お前の願いが叶ったから、俺は自分の体に戻るよ。お前と一緒に帰るんだ」

「さあＬｏｖｅｒ。これがこの部屋での最後のキスだ」

俺たちは、おそらくファーストキスよりも、もっと甘いくちづけをした……。


白い天井、白い壁、白いドアーに、かわいい女の子が泣いている。

ぬいぐるみ、千羽鶴、写真と色紙、かわいい女の子がキスしてくれた。

これでいい。担当医は、と。ミッキー・ロールか。フン、どこかのミュージシャンみたいな名前の外科医だな。

白いベッドのフレームに取り付けられたネームプレートから視線を外し、同じく白い壁にかかっているカレンダーに目をやった。もう月が三つも変わっていた。

現実の世界はこんなに進んでいたんだな。

「ごめんよ、Ｌｏｖｅｒ。今年のロックフェスティバルは終わってしまったんだな。お前を連れて行くのを楽しみにしていたのに」

きっと事故に遭う前の俺もそうだったに違いない。思い出せないが確かに俺は帰って来た。そして大事なお前にこんなに淋しい思いをさせてすまない。

「いいのよ。またあなたと音楽ができるんですもの。私はとても幸せだわ。あの時、私を守ってくれてありがとう。やっとお礼が言えるわね」

お前はまた泣き出した。俺のせいでずいぶん泣かせてしまったな。

「辛かっただろう。俺こそありがとう、俺を迎えに来てくれて。そしてごめん。愛するお前を忘れてしまって。だけど、今度も最初から本気で愛したんだ。だからゆるしてくれないか」

俺はどこにいても、どんな時でも、お前だけを愛すると決めている。

「ねえＬｏｖｅｒ。俺が歌えるようになったら、日本へ行ってあの高校でライヴをしないか？　そこなら記憶を取り戻せそうな気がするんだ」

そして、三度目のプロポーズをするよ。お前の黒革のバングルブレスレットには、七色に光るピックが二つ入っているはずだ。そしてその時には三つ目を捧げよう。それが最後だ。

「焦らないで。私はあなたさえそばにいてくれたらそれでいいの。思い出はまた二人で作ればいい」

お前は、俺があの世界で何度思ったか知れない言葉を口にした。

「お前さえそばにいてくれたら」

俺はお前を引き寄せて長い、長いキスをした。

これが現実のキスか、いいもんだな。ちぇっ、お前を抱くのはまだちょっと無理かよ。それにここは病室だ。なあ、Ｌｏｖｅｒ。妄想の世界とやらに、もう一度連れて行ってくれないか？　お前が欲しくてたまらないぞ。俺は完璧ではないが、強い男だ。待ってろよ、すぐに回復して死ぬほどお前を愛してやる。

どうやら俺の妄想はまだ続いている。

「ねえＭＩＫＩＴＯ。流れ星が直接降ってくる部屋って覚えてる？」

「当たり前じゃないか。俺たちはあそこで何度も愛し合ったんだ」

「ほらね、私たちもう思い出を持っているわ。しかも誰にも秘密のね」

お前は泣きはらした目で俺を見つめて、かわいい声でとどめを刺した。

「あのね、着てみたかったドレスがまだいっぱいあったの。だからお願い、もう一度ちょうだい」

「うん？　それはだなあ……」

Ｌｏｖｅｒ。お前が継ぎ足してくれたロウソクは、俺とお前のものだ。二人で一本のロウソクに愛の炎をともしながら生きていこう。
Eternal Flame……永遠に。

第二部　私の男

「ＭＩＫＩＴＯ、ここが私たちの母校よ」

私は日本の古都に来て、男女共学のある高校へ彼を案内した。

彼は校門が開いていたのでスタスタと中へ入って行ってしまった。

「あっ、だめよ、勝手に入っちゃ。まずは受付で」

と、私の話も聞かないで。

放課後の校庭では運動部がクラブ活動の真っ最中なのに。そうでなくてもあなたは目立つのよ。とんでもないことになっちゃう。一番手前のバレーコートでサーブの練習をしていたまだ体操服の女の子が、真っ先に気付いて叫んでしまった。

「キャプテン、すごくカッコいい男の人が私たちを見ています！」

こっちは真新しいユニフォーム姿の上級生が、

「ＭＩＫＩＴＯ先輩！　アメリカから帰って来てるんですか？」

ああ、もう見つかっちゃった。また出直して来ないと今日は無理ね。静かに見学なんてできやしない。

太陽のように眩しくて素敵なあなたは、この学校でももちろんスターだったのよ。たぶん日本人なんだろうけど、幼い頃からアメリカで育ったあなたは、なんていうのかしら、とってもフレンドリーで……。

ああ、もう一緒にバレーをやっているわ。新入部員のかわいい一年生たちに囲まれて楽しそう。あなたはバレーもできるのね。レギュラーの子たちよりもよっぽど上手だわ。サッカー部の男子や陸上部の子までやって来たじゃない。

ほらね、あなたの周りにはいつも人がいっぱい。

記憶を失っていても人柄は変わらないのね。


私の恋人は、世界に知られた有名アーティストのロックシンガーで、とても素敵な人。やさしくてカッコ良くて、私を心から愛してくれる。私がこの高校を卒業した後、二人はアメリカに渡って音楽を続けていた。ある日、ライヴの最中に事故に遭って、彼はギタリストの私をかばい大けがを負った。そのせいで一時意識と記憶を失ったの。

現在彼はあることで意識を取り戻し、事故に遭ったことだけは思い出した。そして自分と私が誰なのかはわかるようになったの。でもそれ以外の記憶はまだ失ったまま。

だから私たちは、彼が思い出を取り戻すために日本にやって来た。私たちが知り合った思い出いっぱいのこの場所なら、二人の願いが叶うかも知れない。

彼は有名人だけど、記憶を失っていることは世間には知られていない。けがからのリカバリー期間は活動を一時休止するとだけ伝えられている。実は、昏睡状態で眠っていた間、彼の意識は私とともに妄想の世界をさまよっていたの。だから目覚めた時、自分と私のことは覚えていたわ。だから私さえ、そばについていればなんとかやっていける。それになんでもできる頼もしいあなたのことだもの、大丈夫よ。私がきっと記憶を取り戻させてあげるわ。焦らないでゆっくり久し振りの日本を楽しみましょうね。二人の思い出をひとつ、ひとつ話して聞かせてあげるから。


「学校が終わるといつもあなたが待っていてくれた。自転車の後ろに私を乗せて、『送ってやるよ』って言うのだけれど、私が帰る方向は踏切を越えて真っ直ぐなのに、あなたったら右に曲がって駅の方へ走ったのよ」

私は高校からの帰り道にさっそくあの頃の話をした。今日はやっぱり思ったとおり、バレーをして、リレーをして、サッカーのゴールを決めて帰ることになった。思い出探しはまた今度ね。

今回、日本に滞在する間は、駅の近くにあるマンションのレンタルルームを借りることにした。彼が家族と離れて来日し、通学するためにひとりで暮らしていた時と同じ部屋が偶然手に入った。過去を思い出すのにはちょうどいい。それにこの部屋には私たちの大切な思い出がたくさんあるの。私は彼とまたここで暮らせることがとてもうれしい。あなたさえそばにいてくれたらそれでいい。

「Ｌｏｖｅｒ、何が食べたい？　今日も数学の宿題があるのか？　俺がみてやるよ。自慢じゃないが数学は得意中の得意なんだ」

アメリカ育ちの彼は、当時から私のことを「Ｌｏｖｅｒ」と呼んでいた。

「ＭＩＫＩＴＯにできないことなんてあるの？　明日はテストなのよ。もう留年しちゃうかも」

私は音楽はできても勉強は全然ダメ。特に数学はこの世の学問とは思えないほどちんぷんかんぷん。だからテストの前はいつだって心強い先輩に甘えていたのよ。あなたは音楽やスポーツだけでなく、先生が教えることがないくらいお勉強もよくできたの。

「Ｌｏｖｅｒがちゃんと卒業できなきゃ俺が困るからな」

そう言っていつも励ましてくれた。私が卒業したら彼が迎えに来て、拠点をアメリカに移し、二人で音楽をするのが夢だった。私はもちろん彼について行くことに決めていた。だけど、部屋に着くとまず……。

まず、と言って口ごもってしまった。言えないでしょう、恥ずかしいわ。

私のとなりで少し考えていた彼が正解を思いついたようにポンと手を打ち、勢いよく答えた。

「まず、愛し合ったんだろっ！」

しぃーっ！　声が大きいってば。前を歩いていた子ども連れの女の人が振り返った。私は思わずうつむいた。イヤだわ、ジロジロ見られちゃった。あなたはさわやかな笑顔で子どもに手を振っている。

「ここがあなたの部屋だったのよ」

鍵は私が預かっていた。私たちは鍵を開けて中に入った。

「ああ、懐かしいわ。あ、ごめんなさい。あなたにはわからないわね」

あなたは私より一年先に卒業したけれど、その後の一年間は日本で私とアルバムを出したりして音楽活動をしていたから、この部屋は借りたままだった。有名人で忙しいあなたはほとんどアメリカと日本を行ったり来たりしていた。だからそう、ここは私と会うための部屋だった。

つまり、空き部屋になったのはほんの数か月だけ。次の借り手はまだ見つかっていなかったのね。壁紙も当時のまま、まるで我が家に帰って来たみたい。

最近のレンタルルームはすぐに生活できるように家具付きだから、少し買い足せばそんなに不自由はしない。しかも、そのベッドやソファーまで、彼が使っていたものがそのまま提供されている。業者さんったら経費を浮かせたのね。

「Ｌｏｖｅｒ。俺はここで暮らしていたのか。まさか、まだ高校生のお前を毎日連れて帰っていたのかい？　まるで誘拐か同棲だな」

「そしてまず、やることがあるんだ」

「もう……」

あなたはいつもそこのソファーに座って私を抱き上げ、ひざの上に乗せた。この部屋では私を人形のように扱う。

「一時間目は愛のレッスンだよ。お前はまだビギナーだからな。やさしく教えてやるよ。数学はその後だ」

誰もが憧れるスターのあなたに、こんなふうにささやかれて拒める女の子がいるかしら？　あなたは三年生ということになっていたけれど、実際はもっと年上だったし、とても強くてたくましかった。太陽に抱かれて私は消滅する。だけど人形になった私はあなたのそばにいるといつも安心だった。

「Ｌｏｖｅｒ。実演しないと記憶を取り戻せないんじゃないか？」

そう言って今も私たちは見つめ合っている。本当に思い出せないの？

私はそれまで人前でギターを弾いたことがなかった。彼と知り合うまで軽音楽部にも所属していなかった。ただ、ひとりでこっそり練習していただけ。だから、アンプに繋いだことさえほとんどなかった。

私は自分のプレイを誰にも披露しないで隠していた。なぜだかはわからないけれど、「この人」と思うような人でなければ合わせられない気がしていたのかも知れない。音楽においてでも。

だから、MIKITOも私が将来、自分の音楽の相棒になるとは知らずに私と出会い、二人は恋に落ちた。信じられないでしょうね、私たちが恋人同士なんて。あなたは遠くにいてもすぐに見つけられるぐらい目立つし、カッコ良くて人気者で、音楽の才能にも恵まれている。いつだってどこだって、本当に誰もが憧れる存在なのよ。それにひきかえ私は、今でこそミュージシャンとして認められているけれど、ギターを持っていなければ、どこにでもいる普通の女の子なのよ。よくあなたは「Loverは俺の人形だ」と言うけれど、それはある意味、的を射ている。あんまり主体性がないのかも知れないわね。とにかく、あなたにくっついて生きているって感じなの。だけどそれが幸せなのよ。あなたのすることも、あなたが言うことも、なんでも信じられるし、素直に従いたいと思っている。だって私の愛はそうやって始まったのだから。

彼がベッドの枕元に二人の写真を飾ってくれた。私より一年先輩だった彼の卒業式の日に、並んで撮った写真だった。それは私が、かわいいピンク色のうさぎが付いたフォトスタンドに入れて持っていたものだった。

「あなたの荷物の中に入っていたの？　私、探していたのよ」

卒業証書を入れた筒を持って微笑むあなたのとなりに、私は泣きはらした目をして立っている。だってあなたが卒業してしまうのがとっても淋しかったんですもの。

「二人が初めて出会った時の話をするわね」

私が端正な横顔に話しかけると、こっちを向いて腕枕をしてくれた。ちょうどいい、恥ずかしいから目を合わさずにしゃべろう。私は彼の胸に語りかけた。

「アメリカからやって来た上級生がドラムを叩いているけれど、すごくカッコいいのよ」

ある日の放課後、軽音楽部のファンの女の子が廊下を走って来て、教室に残っていた掃除当番にそう言うとまた駆けて行った。

（彼のことを知らないの？　アメリカの有名なシンガーなのよ）

私が二年生の秋だった。あなたはアメリカから転校生として、この高校の三年生のクラスに編入して来たのよ。信じられる？　その時すでにあちらでロックシンガーとして活躍していたあなたが、どうしてこんなところへひとりで来ることになったのか、私はとうとう知らないままだけれども。

日本の、それもこんな田舎に住む女子は、大人のロックより、まだポップスや歌謡曲を可愛らしく歌うアイドルに夢中だったし、あなたのことを知らない子も多かったわ。私はというと、もちろんファンだった。それもかなり強烈な。だけど憧れの人を、他の誰かと一緒に遠くからながめるのは嫌いなの。いつもあなたが歌う曲やコンサートの映像は、ひとりできいたり、見たりしていたわ。大好きなあなたのことは独り占めしていたいから。だから私はライヴには行ったことがない。そう、音楽をきいて想像していただけ。

掃除をしていたみんなは、その子の後についてあなたを見に行ったけど、私は行かなかった。

当番なのに誰も帰って来なかった。みんなキャーキャー騒いで、ひょっとしたらあなたと仲良くなった子もいるかも知れない。行けばよかったな、そう思いながらひとりで掃除をしていたら、帰りがずいぶん遅くなったわ。日が暮れて、もう誰もいなくなって、私はこっそり地下に下りて行った。地下の教室には、軽音楽部の練習に使われているドラムセットがある。さすがにもう誰もいないわね。音がしないし、話し声も聞こえない。いない方がいい。憧れの人がついさっきまで叩いていたシンバルでも触って来よう、そう思ったの。階段の明かりを頼りにそっと教室の戸を開けて覗いたら、薄暗い教室の後ろにドラムセットがあって、やっぱり無人だった。私は椅子に座って目を閉じ、あなたがどんなふうに叩いていたのか想像した。顔を上げて、このドラムの前でギターを弾く自分を想像した。目をあけて、私の横であなたが歌っている姿を想像したところで……　前の方に人影が！　まだいたの？　ドラムばっかり見ていたから気がつかなかった、どうしよう？

　私はびっくりして逃げ出した。あなたは私のことを知らないし、今ならまだ大丈夫と思った。だけど、廊下にとび出したところで転んじゃったの。ことも あろうに憧れの人の目の前で無様に。道路でぺちゃんこになったカエルの気分だったのよ。もう死にたかったわ。後を追いかけて廊下に出て来たあなたは、私を見下ろして何か言っている。アイムソーリ、私英語は苦手なの。廊下の床に伏せたまま見上げた私を、あなたはしゃがんでやさしく起こしてくれた。そしてひざまずき、舞踏会でシンデレラをエスコートする王子様みたいに私の手を取って、

「ギタリストが手を傷めたらいけないよ」

って言ったのよ。やわらかな素敵な声だった。確かに転んで手をついた拍子に左の手首を捻っていた。それによく聞いたら日本語だったのね。

それより、なぜ知っているの？　私がギターを弾くことは誰にも言っていない。

不思議そうにポカンとしていた私に、

「女の子にしては握力があって指先が硬い。五本の指はそれぞれに意志があるようで自由だ。お前はギタリストだろう？　それもかなり弾きこんでいるな」

私の手を包んであなたはやさしく微笑んだのよ。とても大きくて温かい手だった。

「それよりも早く手当てをしよう」

次の瞬間、そう言って私を抱き上げたのよ。

（あのう、捻ったのは足じゃなくて手なんですけど？）

保健室はもう閉まっていた。あなたは自分の自転車に私を乗せて校門を出た。

（えっ、どこへ行くの？）

着いたのは駅の近くのかわいい新築マンションだった。

（まあ、真っ白な外壁がとってもおしゃれ）

「さあ、おいで」

あなたと知り合ったその日に、あなたの部屋に初めて入った。

「ここがその部屋なのよ」

彼を見上げて教えてあげた。

「俺、いきなり部屋に連れ込んだのかよ。まさか初めて会ったお前に何もしていないよな？」

「そう思う？」

起き上がった彼が、不安げな顔をして私を見下ろしている。クスッ、ちょっとかわいい。いいのよ、愛してるから。

あなたはていねいに手当てをしてくれた。そして私の手首を握って、

「たいしたことはなさそうだ。痛みがひいたらぜひきかせてくれよ、お前のギター」

と言ったのよ。

「ありがとうございました」

って、お礼を言おうと思って顔を上げたら、やさしく微笑むあなたがすぐ近くにいて、恥ずかしくなってまたうつむいたら……。

「今日はここまでね」

「おい、最後まで聞かせてくれよ。気になるじゃないか」

この先は言えないわ。早く思い出してね。私たちが初めて出会った大切な日なのよ。私はクスクス笑って目を閉じ、心の中でカウントした。

あの時と少しも変わらない、やさしい彼がきっとキスしてくれる。一秒、二秒、三秒後に、たくましい腕で抱き寄せて彼は私を覆い尽くしてしまった。

「あなたは若手実力派のロックシンガーだったけど、記憶を失っても音楽には影響ないみたいね。私たち二人で作った曲やアルバムは覚えているの？」

人柄、言動、得意技。事故に遭う前後でも目立って変化したところが見当たらないのよね。不思議に思って今朝、本人に尋ねてみた。

「作ったことは覚えていないんだ。残念だけど。でも歌えるし、知っている曲だ。俺の歌い方やパフォーマンスは以前と違っているかい？」

「いいえ。何もかもあなたのままよ」

ひょっとして私が係わっていないことなら思い出はあるのかしら？　そうだとしたらショックだわ。

「だけど、どこでどう活動していたかなんて思い出せない。俺は復帰できるのかな？」

ごめんなさいね。あなたを不安にさせてしまったわ。大丈夫よ。私が肩に乗ってなんでもこっそり教えてあげるから。

「じゃあスタジオを借りて少し練習しない？　何か思い出すかも。私は長い間弾いていないから鈍っちゃったわ」

朝から彼を誘って電車に乗った。誰にも気付かれませんように。

音楽スタジオに着くと、平日の午前中だったせいか、すんなりと借りることができた。有名人を連れて行ったけれど、まさか彼がこんなところに来るなんて思っている人はいないから、誰にも騒がれずに目的を果たせたわ。ほっとした。私もやればできるのね。だけど手続きは彼に任せた。だって知らない人としゃべるのは苦手なんですもの。

軽く調整して私は彼の好きな曲を確認した。やっぱり以前のまま、素敵な声だわ。こんなマイクでも充分なのね。あなたの素晴らしい歌声は健在だった。男声のハイトーンはそれだけでも魂を揺さぶるものだけれど、あんな経験をしたせいか、もっと透明感が増して美しかった。そう、哀しいくらいに。

ああ、あなたと音楽ができる。今の私はなんて幸せなのかしら。

「いい感じね」

私が見上げて言うと、彼はにっこり笑って上から私の髪をクシャクシャとかきまわした。

「ああ。生きてるって感じがする」

そうでしょうよ。あなたは天性のヴォーカリストですもの。

私は、あなたが私の卒業を待っている間に発表したアルバムの曲を全部プレイした。これならすぐにでも復帰できそうね。よかった、あなたの音楽が無事でいてくれて。

マンゴージュースでちょっと休憩。今日も思い出話を聞かせてあげるわね。

「手首の具合はどうだ、まだ痛むのか？」

初めて出会った次の日の夕方、あなたは校門の近くで待っていてくれた。

あなたが私を呼び止めたから、そばにいた友達がびっくりしてバチバチ肩を叩いたのよ。そうしてみんなで走って行っちゃった。後ろを振り向き、振り向き、指をさしてひやかしていたんだから。

あなたはまた自転車の後ろに私を乗せて、「いいかい？」って言ったの。

きっとこの人は田舎の女子がめずらしいんだわって思おうとした。だっておかしいでしょう？　なんで私なんかに構うのかしら。

自転車から降りて、あなたの部屋に着いたら、

「お前のことが心配なんだよって言ったんだろ？」

あら、正解。

「そのとおり。よくわかったわね。思い出したの？」

「いや、今の自分もそうだから」

あなたは確かに独占欲も強いけれど、いつだって必死で守ってくれるのよ。

「それで俺はどうしたんだよ。またアレか？」

「そう。アレ」

「まったく、どうかしてるよな。遠い日本にひとりで来て寂しかったのかな、俺」

彼はそのまま後ろに倒れた。のけぞるあなたの喉仏が白く光ってセクシーだわ。

「ねえ、ノドボトケって英語でなんていうの？」

私はそのまま抱きついた。だってこの人は私の彼なんだもの。だけど記憶を失っている人をいじめちゃいけないわね。

「残念でした。アレというのはね、お茶を出して、最新のアルバムをかけてくれ

て、一曲、一曲ていねいに解説してくれたのよ」

　私がロックが好きだと知るとうれしそうにね。それまで私には音楽の話ができる友達がいなかったから、あなたとそうやってお話するのがとても楽しかったのよ。しかもその曲を歌っている本人が話してくれるのよ、私だけのために。まるで夢のようだったわ。

　しばらくしてあなたが言ったの。

「ところで、お前の名前はなんていうんだ？」

　そう、私は大勢いるファンの中のただのひとり。名前なんかきいてどうするの？　私が答えると、

「じゃあ、お前はＬｏｖｅｒだな！」

　私の名前にちなんであなたがそう決めた。これからその素敵な声で、私はあなたにそう呼ばれるの？　夢みたい。

　そして、あなたは私の目を見つめて「Ｌｏｖｅｒ」と言って、その次はやっぱりアレでした。

スタジオからの帰り道、あなたは久し振りに音楽を堪能したせいかとっても上機嫌だわね。気のいいあなたは機嫌が悪い時の方がめずらしいのだけれど。

「お前のギターを初めてきいたのはその後か？　俺はびっくりしただろうな。こんなちっぽけな女の子がエレキを自由自在に扱うなんてさ。見たことなかっただろうよ。あっちにも速弾きの天才がいるが、そいつは俺みたいにデカい男だしさ」

あなたはかの有名なギターの神様とも知り合いなのね。当たり前よね、あなたは世界に知られたロックシンガーなんだから。

「捻った手首はあなたのおかげですぐによくなったの。それで約束どおりギターを弾いてみせることになったの。地下にある教室が軽音楽部の部室だったんだけど、ある日、みんなが帰った後にこっそり二人でそこに行ったのよ」

「Ｌｏｖｅｒ、緊張するなよ。俺しかいないじゃないか」

あなたは世界に知られたロックシンガーで、私の憧れの人なのよ。その人の前で弾けるわけないじゃない。今まで人前で演奏したことだってなかったのよ。緊張して指が動かないわ。あなたは笑って、

「俺が叩いてやるよ。後ろにいたら心強いだろう？」

そう言ってドラムセットのところに来て、スティックを取った。そうね、正面からじっと見られるよりマシかしら。

私は目を閉じて想像した。あなたとライヴをしているところを。あなたが勇ましくシャウトするとなりで私はギターを掻き鳴らすのよ。スピーカーの上に乗っちゃったりしてパフォーマンスするの。実は背面弾きもできるのよ、なんてだんだん楽しくなってきちゃった。

あなたは今、後ろから私を見ているのね。これが私なの、さあ始めるわよ。

私たちはあなたの部屋で一緒にきいた曲をプレイした。あなたの最新アルバムだってちゃんとコピーしているのよ。あなたは正確にリズムを刻みながらも歌ったわ。ドラマーがヴォーカルを兼ねるのは、ブレスが難しいでしょうけどさすがね。とっても素敵なセッションだった。ありがとう。ああ、でも癖になりそう。

「Ｌｏｖｅｒ！　お前ってすごい奴だなあ！」

「お前は今から俺の相棒だ」

あなたは私を軽々と抱き上げて、くるくるまわって興奮していたのよ。私は目がまわりそうだったわ。すごく、すごくうれしそうに。そして私の頬に何度もキスをしたのよ。誰もいなくてよかったわ。これで日本にいる間も音楽ができるって。それって私とプレイするってこと？　ウソでしょう？　あなたはプロで、しかも私の憧れの人なのよ。

私たちはそこでちょうどマンションの部屋に着いた。彼は私を見守るようにして後ろにいたので少し後から入って来た。

ドアーがゆっくり閉まるのを待たずに、突然彼は激しく私を求めてきた。このマンションはオートロックじゃないのよ、どうしたの？　久し振りに音楽をして気分が高まっちゃったのかしら。それとも、もしかして怒ってるの？　なんだか変だわ、気に障ることでも言っちゃったのかしら。

彼はいきなり私を抱き上げベッドに放り投げた。今まで一度も見たことのないこわい顔をして馬乗りになり、私を押さえつけた。どうして？

私は泣きそうになった。ＭＩＫＩＴＯに嫌われたら生きていけない。

ごめんなさいね。あなたの言うことを聞かなかった私が悪いの。

突然、インターフォンが鳴った。誰かがドアノブに触れる音がしたとたん、キッとなって後ろを振り返り、彼は近くにあった花瓶を玄関に向けて投げつけた。

「ガチャーン！」

大きな音とともに、花瓶が粉々になって、それから静かになった。

私はこわくて動けなかった。そして彼はまたこっちを向いて、私を力ずくで征服しようとした。

怒らないで、いい子にするから。なんでもあなたの言うとおりにするから。

「ごめんなさいね、ごめんなさいね。あなたの言うことを聞けばよかった」

こらえきれずに泣き出した私を、今度は起き上がって激しく抱き寄せた。

「ごめんよ、ごめん。Ｌｏｖｅｒのせいじゃないんだ。俺が、俺が悪かったんだ。約束し……」

最後の言葉を飲み込んで、苦しいほど私を抱きしめた。声が震えている。まさか泣いてるの？

もう自分を責めないで。あなたは何も悪くない。こっちへいらっしゃい。私が悲しい時はいつもなぐさめてくれるでしょう。あなたも私に甘えていいのよ。

「久し振りに出歩いたからきっと疲れたのね。少し眠ればいいわ」

彼の涙をやさしく拭いて唇にキスをした。

あなたは素直に目を閉じて、私の腕をつかんだまま眠ってしまった。

彼は何かを思い出したのかも知れない。


あくる日の夕方、私のひざ枕で音楽雑誌を読み終えた彼が言った。

「Ｌｏｖｅｒ、今夜は何が食べたい？」

やせっぽちの私の栄養状態がそんなに気になるのか、彼はいつも食べたいものをきいてくれる。あなたと一緒に食べるならなんだっていいのに。記憶を失ってもたいして変わらない。私たちは幸せね。

「高級ホテルのディナーがいいわ」

彼がふき出した。二人だけの思い出、妄想の世界での記憶ね。そういえば、あっちでも食べることに気を遣ってくれていたわね。どんな時もあなたはやさしい人。

「ＭＩＫＩＴＯって実はああいう男だったのね」

「ああいうってどういう意味？」

「あっちの世界ではとっても大切にしてもらった気がする」

「今だって大切にしてるさ。だけどあの時はお前が哀れで仕方なかったんだよ。結局俺のせいだったんだけど」

そう。あなたに欠点があるとしたら、それは私にやさしすぎるところ。ただでさえこんなに素敵で誰もが憧れる存在なのよ。そんなあなたにやさしくされたらその幸せが癖になる。私はもう少しで大切なあなたを失うところだった。あなたがいなくなったらどうせ私は生きられないのだから、もう私のために犠牲にならないでね。私はいとしい人のサラサラの前髪をなでた。あなたは私がいなくなっても生きられる？

「ねえ、カレーを作ってくれたのを覚えてない？」

彼が起き上がって首を傾げている。それじゃあ今日はこの話をしてあげようと思う。

「Ｌｏｖｅｒ。数学のテスト、５０点だったのか。がんばったな！」

休み時間、三年生のあなたはわざわざ二年生の教室にやって来て、返却されたテスト用紙を見て言った。ごめんなさいね、あんなに教えてもらったけど、やっぱりできなかったの。だけど、落ちこむ私をあなたは大げさにほめてくれたのよ。平均点は７９点だったのに。そして廊下の窓から教室の中へ身を乗り出して、大きな声でこう言ったのよ。

「よう、先生。Ｌｏｖｅｒはメイク・ラブの時間を惜しんで勉強したんだ。もっと点数をやってくれよ！」

って。

ちょっと、何言ってるの？　正気？　数学の、別名「カマキリ先生」が睨んでるじゃない。クラスのみんながゲラゲラ笑って、私はもう消えてなくなりたい。陽気で誰にでも気さくなあなたを敵視する人はどこにもいなかった。「ＭＩＫＩＴＯが言うならいいんじゃない？」いつもこんな感じで受け入れられる、天性としかいいようのないあなたの人柄のおかげで、私たちはみんなから暖かく認められるカップルだった。

帰り道、自転車のペダルをこぎながら、いつものようにあなたはきいた。

「Ｌｏｖｅｒ、何が食べたい？　ごほうびに好きなものをおごってやるよ」

平均点を大きく下回ってもごほうびがもらえる。あなたが大好きよ。わたしこそお礼をしなくっちゃ。

「あのね、今日はＬｏｖｅｒがカレーを作ってあげるね」

お腹にまわした手でギュッとあなたのシャツをつかんで、私はちょっと幼い子の振りをした。知っているのよ。あなたは大人っぽい美人より、子どもっぽいかわいい女の子が好きなことを。その後、あなたはスーパーでカレーの材料を買う時も、ずっと鼻歌を歌っていたのよ。お買い物中の人たちがみんなこっちを見ていたけれど、まったくお構いなしにね。

「ＭＩＫＩＴＯはソファーで座ってゆっくりしていてね。すっかりできてからキッチンに来てちょうだいね」

「俺も何か手伝おうか？」

心配するあなたを無理やりソファーに座らせて、エプロンをしながらそうは言ったものの、実は作ったことがなかったの。ギターなら何時間でも弾いていられるけれど、お料理は数学の次ぐらいに難しそう。あんなこと言わなきゃよかった。じゃがいもは皮をむいてから切るのかしら？　それとも切ってから？　にんじんにも皮ってあるのかしら？　お肉と野菜、どっちからお鍋に入れるの？　唯一わかった玉ねぎの皮をむいていたら、とうとう涙が出てきちゃった。もうダメ、できない。

ああ、神様。世界で一番素敵な人に食べさせる料理なんて私には作れない。

「Ｌｏｖｅｒ。もーうぃーかーい？」

ほら、かくれんぼのオニみたいに彼が催促しているじゃない。もう泣きそうだったわ。とうとう私は降参したのよ。

キッチンから出て来てメソメソ泣いていたら、エプロンで涙を拭いてくれたの。

「そうだと思った。俺に頼ってくれよ。こう見えても料理は得意なんだ」

そうよね。あなたにできないことはないものね。まあ、なんて見事な包丁さばき。あなたの音楽のように軽快なリズムだわ。意外とカンタンね、もうできちゃった。すごい、高級ホテルのディナーよりもおいしそうだわ。

「さあ、食べようか！」

「ごめんなさい。ご飯を炊くのを忘れていました」

ソファーに座って話を聞いていたＭＩＫＩＴＯがゲラゲラ笑っている。あなたが揺れるたびに、ひざの上の私は転がり落ちそうだわ。

「Ｌｏｖｅｒ。俺が思っていたような女じゃないな、お前。いや、頼りないところはそのとおりだけど。やっぱり俺がいないとダメなんだ」

うれしそうに見下ろしている。そうよ、私はあなたがいないと生きられない。生きる気もしないわ。あなたのせいで頼りないのよ。

彼は大きな両手で私の顔を包んで瞳を覗きこんだ。それから端正な顔を少し傾けて言った。

「ねえＬｏｖｅｒ。今夜はカレーにしようか？」

そうこなくっちゃ。いい？　かわいい声でとどめを刺すわよ。

「ＭＩＫＩＴＯが作ってね、お願い」

厚い胸にうんと甘えて今度は素直にお願いしておこう。

「Ｌｏｖｅｒに任せたらとんでもないことになりそうだもんな」

「だけど、調理実習は二時間目だ」

そう言って彼はそのまま唇を合わせた。

そうね、おいしいカレーを食べられるのはたぶん、深夜になりそう。


今日は高校の学園祭の話をするわね。とっても素敵な思い出よ。

あなたがこの学校にやって来たのは私が二年生の秋だったの。二学期が始まった時だったから、まだ夏の終わり頃ね。毎年行われる学園祭の、二か月ぐらい前だったかしら。もうあちこちのバンドから誘われて、あ、プロのシンガーを学生が誘うっていうのも変ね。みんなから頼まれて、ヴォーカルはもちろん、あらゆるジャンルのあらゆる楽器の演奏に引っ張りだこだったのよ。あなたは嫌な顔もせず快く引き受けて、年下の男の子たちとステージを盛り上げてくれた。私はまだその時は軽音楽部に入っていなかったけど、客席からあなたのステージを応援したのよ。

あなたは講堂のすみにいた私を見つけ出し、わざわざステージに引っ張り上げて『Eternal Flame』を目の前で歌ってくれたのよ。右の手を高々とあげて、誰もがうっとりして感動しちゃうような熱唱だった。実際、歌の途中で泣いちゃう人もいっぱいいたんだから。気絶した女の子までいたって噂よ。とにかく、とってもカッコ良かったの。みんな本場の音楽に初めて触れたのね。

曲のラストには私をステージの中央にエスコートして、あなたは私の手を取ってひざまずき、王子様みたいにキスしてくれたの。ね、ライヴと同じでしょう？記憶にはなくてもあなたは少しも変わらないわ。

「妄想のライヴの時は、あの時の俺のオリジナルだと思っていたんだけどな。どうも『こいつは俺のものだ！』って言いたくなるんだよ」

彼が照れて笑った。かわいい。

「それはそうと、お前は男にモテたのか？」

ドキッ。どうせ記憶がないのなら、この際、話を盛っておこうかな？

「私に言い寄る男子をあなたはどうしたと思う？」

「そりゃもう半殺しだろうよ。俺の女に手を出そうものなら目にものみせてやるぜ」

「まあ、男らしい。そうだったわね。まさかそんな命知らずの男の子はいないでしょうね」

彼は冷ややかな流し目で私を見ている。それだけならハッとするほどカッコいいけど、でもニヤニヤしているわ。やっぱりバレたかな？

「嘘つけ、どう考えてもお前はモテないタイプだ」

「あら、どうして？」

ちょっとふくれた私をたくましい腕で抱き寄せた彼は、耳元で内緒話をするようにささやいた。

「後ろで俺が睨んでたから」

くすぐったい。そのとおり。

幸せな気持ちにさせてくれたから、今日は私からアプローチ。あなたの厚い胸に手を当てて、よじ登るように。でも途中までね、すぐに抱き上げちゃうんだもの。ほらね、いつもあなたが先に負けるのよ。「高い、高い」なんて子どもじゃないんだから。ねえ、こんなにかわいい男っているかしら？


私があなたに誘われて、軽音楽部に入部したのはその年の学園祭の直後だった。

編入後早々学園祭でスターになったあなたは、さっそく部長に祭り上げられてクラブを仕切っていたわ。普通の三年生はクラブ活動を引退する時期だけれど、お勉強もよくできるあなたは余裕で引き受けていたのよ。

　ある日地下にあった部室で、黒板を背に教壇に立ったあなたは私の肩を抱いて、年下の男子ばかりの部員たちにこう言ったの。

「これから新入部員を紹介するぞ。こいつは俺の女で天才美少女ギタリストなんだ」

　ああ、やっぱり恥ずかしいわ。なんて紹介の仕方なの？　ここは学校なのよ。あなたってよくそんなことを平気で言えるわね。みんなシーンとしているわよ。私は長髪の男子たちの前で顔を上げられなかった。髪が赤い人もいる、なんだかこわいわ。だからあなたの後ろに隠れちゃった。

「実は俺たちはすでにプロとして音楽活動を始めている。街でライヴをしたり、アルバムを制作するつもりだ。こいつのプレイは本物だから大事にしてくれよ。Ｌｏｖｅｒのことをよろしく頼むぜ！」

　ロック界の神様みたいなあなたにそう言われて、私をいじめる人なんかいるわけない。私は卒業するまで、こわそうな男子たちからまるでお姫様か宝物のように扱われたのよ。

ありがとう、あなたのおかげね。

寝転んで天井を見ながら私の話を聞いていたあなたの顔を、真上から覗きこんで言ってみた。

「ねえＭＩＫＩＴＯ。あなたが大好きよ」

どんな顔をするかしら。ついでに熱い胸に甘えさせてね。日本語では、愛してると大好きは違うのよ。あなたのことが大好き、ということ。わかるかしら？

「俺はお前のことが大好きだから愛してるよ」

そう言ってやさしく髪をなでてくれた。ふふ、完璧だわ。伝わったのね、私の心が。


ある日の午後、雨が降りそうだったからどこにも行かないで、私たちはギターの手入れをしていた。早くライヴがしたいわね。楽器に触れて彼はやさしい目をしている。あなたの音楽は激しいけれど、人を傷つけるようなことは嫌いだった。

幼い頃はクラシック音楽で育ったらしいわね。昔インタビューで答えていたわ。きっと素敵なご家族でしょうね。

アメリカに行けば私も会えるかしら。

突然、すごい稲光がして大きな雷の音がした。

「Ｌｏｖｅｒは雷が苦手だなあ」

温かい胸にとびこんだ私を、上から被さるようにして抱きしめてくれた。あの時みたいにね。だけどこれだけは思い出してほしいの、私から言わせないで。

私があなたのものになった日のことは。


学園祭が近づくと、練習や準備でどの学年も帰りが毎日遅くなった。それでも私たちは会わずにはいられなかったわね。いよいよ前日になってその日は、先生方の出し物の準備のために午後は休講になったのよ。あなたはいつものように待っていてくれるかしら？　門のところであなたを見つけた時はとってもうれしかったのを覚えているわ。

学校を出た時は眩しいぐらい晴れていたのに、駅の向こう側は黒い雲に覆われていた。

「雨が降りだしそうだな。しっかりつかまっていろよ。急ぐぞ」

あなたは全速力でペダルをこいだけれど、雨は容赦なく降ってきた。二人を乗せた銀色の自転車は、叩きつけるような大粒の雨の中を縫うように走ったのよ。

なんとか部屋にたどり着くと、あなたは雨のしずくをポタポタ垂らしながら、私のためにタオルとシャツを出してくれた。自分も拭けばいいのに。

「俺のシャツ、お前には大きいけれど風邪をひくよりマシだぞ」

アメリカ製の白いボタンダウンは、手に取ると大人の男の服だった。

あなたの匂いに包まれて、私はこれからあなたのものになる予感がした。それからタオルで濡れた髪を拭いてくれたのよ。

次々に光っては轟く雷がこわくて、それにずぶ濡れで寒くてガタガタ震えた。まだ早い季節外れのヒーターをつけてくれたわね。

あなたは今みたいに私を守るように、包むように抱きしめてくれた。

「大丈夫だよ。お前には俺がいるじゃないか」

だけど、あなたのことも少しこわかったの。だっていつもと違う、見たこともない真剣な顔をしている。それにもう、あなたの腕の中では少しも身動きできなかった。あの時の、あなたの後ろの窓ガラス。吹きつけられた雨が、無数の涙の筋になって流れていく。窓の外は何も見えなかった。そこはあなたと私しか存在しない世界だった。だから、私しかいないあなたのために、精一杯いい子でいよう、そう思ったの。私の愛はこうやって始まったの。あなたは確かに人気者だったけれど、だから愛したんじゃないのよ。前にも言ったけれど、あなたのすることも、あなたが言うことも、なんでも信じられるし、素直に従いたいと思っているの。

流れ星が直接降ってくるあの部屋で、雷が鳴った夜、あなたは確かに思い出してくれた。その時のことを。私たちは同じことをささやいて、同じことをしたわね。

私にはわかる。あなたの記憶は戻ってきている。だけど、思い出したくない記憶もあるわね。私はいつかそれを話さなければいけない。

「雷が鳴るとＬｏｖｅｒが甘えてくれるから、俺はけっこう好きだぞ」

私をやさしく包んであなたは、覚えていない振りをしている。

今朝は寝坊しちゃった。だって彼とおしゃべりしていたらあっという間に時間が過ぎて、明け方にやっと眠ったんだもの。していたのはおしゃべりだけじゃないけれど。

あら、キッチンからいい匂い。もうすぐお昼なのね。私は幸せね、どうやって恩返ししようかしら。

あなたが幸せになる方へそっと、押してあげるわね。

「おはよう。Ｌｏｖｅｒ。朝食は省略。ランチはパスタだ。お前の好きなカルボナーラだぞ」

まあ、チョウショクハショウリャクですって。さすがは名シンガーだわ、滑舌のよろしいこと。

「わあ、おいしそう。いつの間に作ったの？」

スパゲッティーといえば、あの話よね。

テーブルに向かい合って、彼からフォークとスプーンを受け取ると私はクスクス笑ってしまった。

「なんだよ、思い出し笑いなんかして。気持ち悪いなあ。俺にも教えてくれよ」

あなたもつられて笑ってるじゃない。でもちょっと待ってね。まずはお味見。

私は親指を立てて絶賛した。

「なんでもできるあなたにも、実はできないことがあるのよ、知ってた？」

彼はちょっとピクッとした。あらら、真顔になっちゃった。プライドが傷ついたかしら。

「そんなもの、あるわけないだろう」

あごを上げて胸を張って、もう勝ち誇った顔をしている。自信満々だわ。

「じゃあ、目の前のスパゲッティーを食べてみてよ」

不思議そうな顔をして、彼は右手にフォーク、左手にスプーンを持ってまず上品に構えた。次にスパゲッティーを十本ぐらい、フォークの先に引っ掛けてそのまま口に運んだ。

「ほーらね。ＭＩＫＩＴＯはスパゲッティーをフォークで食べられないのよ」

やった！　あなたにもできないことがあるでしょう。

「スパゲッティーはね、フォークにくるくるって巻き付けて食べるのよ。私が教えてあげるわね」

私は実演してみせた。ああ、いい気分。実は今までに何度も教えてあげたのよ。あなたったらこれだけはどうしてもできないのよね。なんでかしら？

「そんなの誰が決めたんだよう。スパゲッティーがうまけりゃいいんだよう」

彼は中途半端にぶら下がっていた残りをうどんみたいに豪快に吸い込んだ。それから二人ともお腹を抱えて笑った。笑いすぎて涙が出ちゃった。私ったらおかしいわね。

あなたの手料理、どれも大好きよ。今度もやわらかめに茹でてくれたのね。「Ｌｏｖｅｒはお腹が弱いから」ってパスタの時はいつも気をつけてくれていたっけ。ありがとう。

もうわかっているのよ。あなたの深い愛情が何度も私に確信させる。さっき、いつも穏やかなあなたがなぜ一瞬、こわい顔をしたの？　それに、私はカルボナーラが好きだと言ったことはない。なぜ知っているの？　ＭＩＫＩＴＯ、愛してるわ。あなたが可哀想で見ていられない。

おいしい食事の後は二人並んで仲良く洗い物をした。私たちはお皿を洗っては見つめ合い、コップを拭いてはキスをした。まるで、今この時しかないように愛し合った。

キッチンから戻って来たあなたが首をぐるぐるまわしている。肩が凝っているのね。

「ねえＭＩＫＩＴＯ。疲れたでしょう？　Ｌｏｖｅｒが肩をもんであげるね」

私は幼い子がお父さんを見上げるようにしてやさしく言った。

「俺は確かにお前より年上だが、そんなにオッサンじゃないよ」

あなたはちょっとすねながら、でもうれしそう。だっていつもはキリッとした眉がもう下がっているんだもの。

「いいから、いいから。さあ後ろを向いて」

彼はラグの上にあぐらをかいた。素敵ね、広い背中だわ。両手の指に力を込めてギュッとツボを押した。

「ああ、きくう」

オッサンじゃないって言ったくせに、ずいぶん凝ってるじゃない。だいたいあなたは苦労性なのよ。

辛い時は私を頼ってね。きっと助けてあげるから。

まだちょっとしかもんでいないのに、

「ありがとう、もういいよ。Ｌｏｖｅｒのおかげで楽になった。でも、ギタリストは指を大切にしないといけないぞ」

あなたはまだ私の心配をしている。自分がどんなに辛い時でも私をいたわってくれたわね。大きな背中に指で「ＬＯＶＥ」と書いたら、がまんできなくなって涙がこぼれた。ちょうどいい、ここで拭いちゃおうっと。広い背中にそっと頬をよせた。ああ温かいわ。私たちは同じ匂いがするわね。私はいつもあなたに包まれていたから、きっとあなたの匂いが移っちゃったのよ。

こうしているといつの間にか広い背中が丸くなって、たくましい肩が小刻みに震え出した。私は両方の腕をうんと伸ばして後ろから彼を抱きしめた。

泣かないで。ずっとずっと、そばにいるからね。

彼はそのまま立ち上がり、子どもをあやすように私をおんぶした。そしてゆっくりとやさしく歌い出した。

「Ｌｏｖｅｒは俺のかわいい人、Ｌｏｖｅｒは……」

何それ、いつ作ったの？　変な子守唄。

ヘヴィメタルが世界に誇る一流のシンガーが鼻声で歌ってくれた。私だけのために。


「いけね、五線紙の買い置きがもうなくなったようだな」

次の日、彼はあちこちをガサゴソして、作曲する時に使う白紙の五線譜を探していた。

おかしいわね、昨日までたくさんあったじゃない。

「お前も要るだろう。この間、いいリフを思いついたって言ってたじゃないか。そろそろアメリカに戻って、アルバムの制作にとりかからないと。あの事故のせいで長いこと休みすぎたから、俺はもう忘れられてしまったかな」

ううん、大丈夫よ。大勢のファンがあなたの復帰を心待ちにしているわ。またステージで歌えるわね。

「Ｌｏｖｅｒも一緒に買い物に行くか？」

そうね。二人でお買い物するの、久し振りね。あなたの腕にぶら下がって、この際いっぱいおねだりしちゃおう。

「ねえ、何か買ってくれるの？」

この声に弱いんでしょう？　顔に書いてあるわよ。

「ここは駅の近くだから便利で何でも揃うけど、五線紙だけはあそこで買わない？ほら、学校のお向かいにある本屋さん」

覚えているはずよ。いつも二人で行ったでしょう？

「学校の近くなら場所はわかるよ」

それだけ言って彼はマンションの駐輪場から銀色の自転車を出した。あら、いつの間に買ったの？　その自転車。よく見たら彼が通学に使っていたあの自転車にそっくりだった。

彼は私を後ろに乗せてペダルをこぎ出した。

「しっかりつかまっていろよ」

まるで高校時代に戻ったようね。ありがとう。あの自転車にまた乗せてくれて。

私はお腹にまわした手でギュッと彼を抱きしめ、大きな背中に顔を預けた。この匂いを、この温かさをずっと、ずっと覚えておこう。いとしいあなたの顔が見たいと思って、風を切って走る背中の後ろから首を出したら、涙が横に流れて飛んでいった。今もこの背中が私を守ろうとしていることがありがたくて、とてもせつなかった。

私たちは書店に入ってまず、五線紙を買った。あなたったら買いすぎよ。そんなに要らないんじゃない？

そういえばあの頃、アメリカからひとりで来たあなたは、英字新聞もほしかったのよね。私がマンガを立ち読みしている間に難しそうな本も見ていたわ。異次元の世界だの、超常現象がどうしただの、本を読んだ後はいつも身振り手振りを交えながら説明してくれたわね。男子ってそういうSF小説とかが大好きなのよね。部屋にもそんな雑誌がいっぱいあったわ。私には難しくてあんまりわからなかったけど、子どもみたいな目をして話して聞かせてくれた。あの時だって何でもあなたの言うとおりだと思っていたし、あなたのすることを今も信じているのよ。

　あの頃に戻れたら。

　さあ、五線紙も買ったし。ねえ、踏切を越えたところの喫茶店でお茶しない？　学校の帰りによく行ったわね。チーズケーキがおいしいのよ。


　お店に入る前に黒いサングラスを手渡して言った。

「あなたは有名人だからこれをかけて変装してね」

　あらやだ、よけいに目立つわね。カッコ良すぎてお店から出て来た人たちが振り返るわ。いっそ開き直って「この人は私の彼なんですよう、いいでしょう」って自慢しちゃおうかしら。

「Ｌｏｖｅｒ。お前、さっきから何ニヤニヤしてるんだ？」

　わかってるくせに。サングラスの向こう、あなたはやさしい目をしている。何も言わずに私にひじを差し出した。腕を組んでくれるの？　気が利くわね。私は頼もしい腕にぶら下がった。

　仲のいい恋人同士の二人はそのまま喫茶店に入った。お客さんがいっぱいで、意外と混んでいるなと思ったら、今日は日曜日なのね。知らなかったわ。あきらめて帰ろうかと迷ったけど、せっかくだから順番を待つことにした。あなたとおしゃべりしていたらあっという間よね。

ほら、見て。あの窓際の席のおじさんとおばさん、楽しそうにお茶しているわね。もうお年寄りといってもいいぐらいの年配のカップルが、仲良くケーキを食べながらおしゃべりしている。素敵ね、ご夫婦かしら。私たちも、年を重ねてもあんなふうに仲良くデートしましょうね。約束よ。

思ったとおり、少し待っていたらその窓際のテーブルが空いた。あ、おじさんが新聞を置き忘れている。

「おじさん、新聞を忘れてますよう」

引っ込み思案の私の声は届かなかった。おじさんはおばさんとお店を出て行っちゃった。まあいいや、おじさんはおばさんがそばにいてくれたら幸せなんだから。新聞なんか、また買えばいい。

ねえ、いつもみたいに「俺は太るとみっともないから」なんて言わないで、今日は紅茶とチーズケーキを注文しましょうね。私、注文するのは苦手なの。あなたが手をあげてねってさっきから言ってるのに、あなたったらおじさんが忘れて行った新聞をじっと見ているの。芸能ニュースにあなたの記事でも載っているの？私にも見せてよ。

違うのね。サングラスの向こう、あなたの目は何を見ているの？　地方版だわ。あなたは知っているかしら？　いつだったか、この辺りで大きな火事があったのよね。その関連記事のようだった。

彼はその新聞を、注文をききに来たウェイトレスに手渡したから、それ以上見られなかった。そして私のすすめに素直に従って、ケーキセットを二つ注文してくれた。ウェイトレスのお姉さんは「お二つですか？」とき直していたわね。彼がカッコ良すぎてボーッとしていたみたいだわ。だけど不思議そうな顔をしていたわね。こんな田舎でとびきりの男前を見たんですもの、無理もないことだわ。

二人で仲良くおしゃべりしていたら、ねえ、なんだかみんなが注目しているような気がしない？　あなたがかの有名なシンガーだってバレちゃったのかしら。あなたが何かしゃべるたびにこっちをジロジロ見ているわよ。

「もう出ましょうか？」

「気にするな。俺に任せておけ」

いつものようにそう言って、あなたは平気な顔をしてお茶を飲んでいる。そうね。あなたがいれば私はいつも安心なの。

でもね、私にはわかっているのよ。どうして私たちが見られているのかも。

「二人で学園祭に出た時のことをまだ話していなかったわね。素敵な、素敵な思い出だから、今夜ゆっくり聞かせてあげるわね」

あの思い出話を聞かせたら、今度こそあなたを楽にしてあげる。

「楽しみだな」

あなたは短く答えた。つぶやくような低い声は、とてもそんなふうには聞こえなかった。サングラスの向こう、あなたの目は窓から見える校舎をながめているの？　遠い目をして私を避けているみたいだった。

ここでは無理なの、泣かない自信はないから。あなたの腕の中で、最高の思い出を、最愛の人に語ろうと思う。

喫茶店から帰るとすぐに夜が来た。あっという間に時間が経つのね。

「Ｌｏｖｅｒ。明かりを消すぞ、早くこっちに来い」

　私が腕の中にもぐり込むと真っ暗になった部屋で彼が言った。

「学園祭の話をしてくれるんだろう」

　顔は見えないけれど、気配からあなたが覚悟を決めたような厳しさを感じる。楽しみなんかではなく、何かに戦いを挑むような雰囲気だった。私は彼に従うしかない。目を閉じて厚い胸に向かって話し始めた。

「あなたはその春に卒業していたけれど、日本で私と一緒に音楽をしていたし、軽音楽部の伝説の部長だったから、先輩として出演を依頼されたのよ。出演時間だって他のバンドとは別格でね。その年の学園祭の目玉だったから、全校生徒が集まったのよ。演劇部や合唱部の人たちも協力してくれて音響、照明すべてが特別扱いだったんだから。当然よね、あなたは有名なシンガーだし、コンサートのチケットなんて簡単には手に入らないぐらい貴重なんだから」

「ＭＩＫＩＴＯ、どうしようかしら。震えが止まらない。私にはとても弾けないわ」

　この時の緊張感は半端じゃなかったのよ。もう気絶しそうだったわ。

「大丈夫だよ。お前のプレイは本物だ。それにお前には俺がついているじゃないか。何があっても守ってやるさ」

この時もそう言ってあなたは直前まで手を握ってくれた。今と一緒ね。

そこで暗闇から彼が言い出した。

「俺は当時のことを覚えていないが、ライヴの構成や演出はプロだから簡単に想像がつくよ。妄想で見せてやる。お前の思い出とそうは違わないはずだ」

え、いいの？　そんなことをして。

私は彼から以心伝心で妄想の世界に誘導された。


ここからは、フィルムコンサートだ。

お前はタンクトップにショートを合わせ、肩からうすいマントを羽織るようになびかせている。首にはクロスペンダント、左の手首に黒革のバングルブレスレット、右手はフィンガーレスグローブを着けている。アクセサリーは今と同じだ、その時からお前は俺のメタルエンジェルなのさ。

さあ、幕が上がる前にもうキーボードのソロが始まったぞ。シンセサイザーが作り出すサウンドは爆風のようだ。ライヴの始まりにふさわしいだろう。もう後戻りはなしだ。オープニングはもちろん俺の曲、『Spin a Coin』だ。あ、作った記憶がなくても歌えるんだから俺の曲だろうよ。アルバムバージョンよりもさらにアップテンポで激しくいくぞ。この曲はこれぞヘヴィメタルの典型、疾走感あふれる大曲だ。世界中の誰もが知っていて、どこのバンドも躍起になってコピーしたがるお手本みたいな超ハードの曲だ。今日のライヴの成功を占う一発目だ、ドラムもベースもしっかりやれ。お前らだってステージに立つ以上は一流のミュージシャンだ。プロもアマも関係ない、最高のパフォーマンスをしろよ。そうだ、ストレートに怒りをぶつけるんだ。俺は狂ったようにシャウトした。キーボードの奴がいつもより冴えているな。これはＬｏｖｅｒのギターが正確だから絡みがいいんだ。もつれてはほぐれて、どちらの音もせせらぎに流れるように追いかけ合って刻まれていく。一番の見せどころ、ギターソロでは運動部から拝借した大型のサーキュレーターで、お前の正面足元から激しい風を送った。お前のマントが宙に舞い上がり、逆巻く髪はまるでヘヴィメタルの女神のように、いつもはかわいいお前を神格化する。最高のパフォーマンスにふさわしい演出だ。見ろよ、俺を目当てに集まって来たくせに、奴らはもうすっかりお前に夢中だぜ。俺はお前のことが誇らしくてたまらない。お前に向けられる男の視線に嫉妬して、俺は気がおかしくなりそうだぜ。どこまでも駆け上がっていく旋律からやがて天使が舞い降りてきて、ヴォーカルの俺が後を引き継いだ。

二曲目は『Queen of Ice』もの哀しくもセクシーな曲だ。

俺はお前のマントを乱暴に剥ぎ取った。客席からヤジやら口笛が聞こえた。落ち着け、お楽しみはこれからだ。Ｌｏｖｅｒの耳元で「できるだけ色っぽくやってくれ」とささやいた。かわいいお前にできるかな？　しかもまだ高校生だ。俺は正直、半信半疑だった。踊るようなプレイはさすがだが、やっぱりお前はセクシーというよりは可愛らしすぎた。ここはちょっと演出が必要だな。だからサビの頂点のところで、お前の後ろから小声で「Ｌｏｖｅｒごめんっ」と謝って、左の胸の辺りと右の腰に手を当てて抱え込むようにしてかわいい耳を噛んだのさ。な、いやらしいだろう？　女の子にそんなことをしちゃいけないよな。だが最高に盛り上がったぜ。結局お前はそのまま倒れちまって寝転んだままギターを弾くはめになったんだ。そんな状態でも弾き続けたんだからお前は立派だよな。さすがは天才美少女ギタリストだ。あとで校内新聞部のインタビューを受けた時は「彼が後ろから、『ひざカックン』をしたんですぅ」ってごまかしたらしいな。嘘つけ、お前も感じてたくせに。っと、あくまでも想像だ。俺は世界が認める優秀なアーティストだから、想像力が人一倍豊かで果てしないんだよ。

次はそうだな、『The Illusion』かな。アメリカのファーストコンサートでもラストにやっただろう。俺は妄想でしか知らないけれど。現実のアメリカでもおそらく同じことをしたはずだ。俺は奴だったんだからな。で、お前はさっきの仕返しに、ギターをライフルに見立てて俺を連射して、ステージの上でコテンパンにやっつけたのさ。「ギター銃」は有名なステージパフォーマンスだが、お前のようにピッキングしながらできる奴はそうはいないぞ。それにあれはドラムの奴もうまかったな。絶妙の連打でタイミングよくお前を援護して、二人がかりで俺を打ちのめしたのさ。とうとう俺はステージ上でうつ伏せに倒れちまった。すると、勝ち誇ったお前はピックを口にくわえ、右手を高々とあげて観客から手拍子をねだったんだ。調子に乗ったお前が、腰を振ってかわいく踊るすきに俺は見事復活したさ。散々な目に遭ったお返しに、お前のあごを持ち上げて、キスをするように唇でピックを奪ったのさ。かわいい高校生の諸君には、さぞかし刺激的で熱いパフォーマンスだっただろうよ。そして俺は華奢なお前を肩に乗せ、手を振ってスタンディングオベーションに応えたんだ。肩の上のお前はきっと俺の天使に見えただろうな。

「どうだ？　俺の勝手な想像は、いい線いってるだろう。アンコールはお前が話せ」

「そんなの無理よ……」

私は声にならなかった。だってたった今、彼は私の思い出を少しも違わず再現してくれたんだもの。あなたは私のためにギリギリの選択をしたのね。ありがとう。私は一生忘れない。あなたのやさしさ、強さ。そして途方もない愛の深さを。

「これもファーストコンサートとほぼ同じだろうな」

彼がまた話し始めた。私はもう彼の胸で泣いていた。彼は私の髪をなで、背中をさすってくれた。暗闇に慣れた私の目はあなたの表情を見ることができた。想像だと言ったのに、懐かしそうな目をして話している。私のために一生懸命楽しく、思い出を想像して語ろうとしている。

私たちは二人とも、何もかもわかっていた。もうすぐ運命が私たちを引き離しにやって来ることも。

『Angel Voice』だ。

全校生徒の目の前でお前にプロポーズする。それが俺の本望さ。前にも言ったけど、どうしても「こいつは俺のものだ!」って言いたくなるんだよ。俺はお前の手を取り、お前はひざまずいてスタンバイしている。一旦下りた幕が再び上がると、観客に向かって深々と挨拶するんだ。フィギュアスケートのペアみたいだろう。前奏のせつないピアノが流れる間に、俺はエンゲージリングの代わりにピックをお前の指に持たせた。俺の婚約者はギタリストだからな。このピックは七色に光るんだぜ。レインボーピックはアメリカ製だぞ。お前のかわいい指に蝶が止まって遊んでいるように見えるだろう。後ろの席からもはっきりと見えるはずだ。そしてお前がゆっくり弾き始めると、俺はお前の胸から首筋へと人差し指でたどっていき、最後にかわいいあごを持ち上げて、唇にキスをした。全校生徒が見守る前で堂々と、お前は俺のものだと宣言したんだよ。

おとなしいお前はどれほど恥ずかしかっただろうな。だけど本当はうれしかったに違いない。その思い出をアメリカでもずっと大切にしていたから。お前はこの曲の長いソロを懸命に弾いたんだが、途中で泣いてしまって最後まで弾けなかったんだ。天才のお前がだぜ。だからギターごと後ろから抱いて、お前を挟みこむようにして俺がお前のギターを弾いたのさ。エンディングにお前の髪をなでたところで幕が下りて、終了さ。

「Ｌｏｖｅｒ。何も言うな。俺に任せておけ」

彼は私をやさしく抱いてくれた。

その夜、私は人形から楽器になった。美しい彼は心の弦をやさしく爪弾いて揺らし、熱い息を吹き込んでは胸を震わせた。私はヴァイオリンになり、時にはフルートにされて心地よい音色で彼をなぐさめた。そうして私を奏でた彼は、幼い頃、初めて楽器を手にした時のように大切に手入れをしてくれた。心から愛情を込めて慈しみ、いつまでもいつまでも自分のそばに置こうとした。

彼の楽器になった私は、心やさしい持ち主と出会えた奇跡に感謝を捧げ、どこまでも果てしない愛を誓った。

第三部　俺とお前

ずっと続けばいいと願った夜が明けた。

彼は何事もなかったように、いつものように食事の準備をしている。私に背を向けて立っている。後ろを向いたその顔は、きっと泣いているんでしょうね。まだ続けるつもりなの？　やっぱり私から切り出さないとだめね。あなたは絶対にあきらめない。今にもその手をすり抜けようとする大切な何かを、決して逃がすものかと必死に捕まえている。あなたがひと言でも何か言おうものなら、それどころか指一本動かしでもしたら、それがまるであなたのもとから去ってしまうかのように。じっと堪えているあなたが哀れだわ。

ごめんなさいね、ゆるしてね。私が終わりにしてあげる。

「ねえＭＩＫＩＴＯ。あなたがアメリカから迎えに来てくれる前に、駅の近くで火事があったでしょう？」

彼がビクンとして野菜を刻む手を止めた。こちらを振り向いた拍子に手が触れて、調理台の上からじゃがいもがひとつ転がり落ち、そのまま床に吸い込まれるように消えた。

あなたもそれをじっと見ていたのに、気付かない振りをして、私のためにまだ強い自分を保とうとする。

だけど、いよいよその時が来たのよ。

「あなたが住んでいたマンションが焼けたのよ」

そしてあなたは今、裏切り者を睨むような顔をして私を見ている。その目は口を開いた私を責めている。

『俺に任せておけとあれほど言ったのに』

そんなあなたの心の声が聞こえる気がする。もういいのよ。あなたが哀れだわ。私はもう充分よ。あなたの愛に甘えてごめんなさいね。苦しめてごめんなさいね。

それなのに、また知らんぷりして演技を続けようとしたあなたが言った。

「何か言ったか？　聞こえなかったよ。それより俺の愛用の鍋、知らないか？　またお前がどこかとんちんかんな場所に片づけたんだろう。なんたってからっぽの鍋まで冷蔵庫に入れていた奴だからな。せっかく今夜はお前の大好物だったシチューを作ってやろうと思ったのによ」

いつも冷静なはずの彼が、慌ててしゃべりすぎたことに気付いてハッとした。

「ほらね、私たちはあんなに愛し合った仲ですもの。あふれるような思い出と、私を大切にしてくれていた癖が、心が、あなたの言葉や行動にあらわれてくるのよ。いくら知らない振りをしていても、隠しきれないあなたの深い愛情がにじみ出ているの」

「いいや、お前なんか知らない。会ったこともなかった。お前は俺がアメリカから迎えに来て、初めて知った俺の女だ」

「お鍋は片づけたんじゃない、消えたのよ。さっきのじゃがいもみたいにね。その前にもたくさんあった五線紙がなくなっていたでしょう？　妄想と現実の世界が同化し始めたのよ。この部屋のものがひとつずつ、消えていくの」

その瞬間、私の目の前で、仲良く並べて立てておいた二人のギターが消えた。次に、ベッドの枕元に飾ってあった二人の写真が消え、そして私たちが何度も愛し合ったベッドが跡形もなく消えた。次々に思い出あるものたちが姿を消し、最後まで残っていたソファーが、いつも彼が私をひざの上に乗せてくれたあのソファーが今、消えかかっている。

思ったより速いスピードだわ。

「あなたの記憶は戻っていたのね」

私はそばに行って、震える彼の手を握った。彼は何度も、何度も顔を横に振って、後ずさりをした。いつも堂々としているあなたは何処へ行ったの？

「Ｌｏｖｅｒ。悪いが俺はライトの下敷きになって記憶を失ったんだよ。もう一度、最初からお前を愛したからゆるしてくれと言ったじゃないか」

ゆるしを請うような目で私を見ないで。

「あなたが悪いわけじゃない。もういいの。私のために苦しまなくてもういいのよ。本当のことを話しましょう」

お願い、もう時間がないのよ。

「Ｌｏｖｅｒ、何言ってるんだ。変な夢でも見たのかい？」

まだあきらめないあなたに向かって、私は首を横に振った。

「ここはもう現実の世界よ。さっきまであった部屋と私を除いてね。私はあなた以外の人には見えていないの。日本へ来て最初に高校へ行った時も、電車に乗ってスタジオへ行った時も、本屋さんや喫茶店でも、みんなあなたひとりだったのよ。私は誰とも接していない。だって姿が見えないんですもの。そしてあの部屋は別のこの場所に、あなたが決して認めようとしない本当の記憶が再現したものだったの。壁紙も家具も以前とそっくりだったわ。やっぱり何もかも正確に覚えていてくれたのね。ここであなたは妄想していたのよ。アメリカのあのビルディングも病室も、学生時代に暮らしたのと同じマンションのレンタルルームも全部、この箱のような空間だったの」

すでに部屋にあったものがすべて消え去り、からっぽの箱のような空間にいて二人は向かい合っている。

「私たちはアメリカに行っていない。行けなかったのよ。私は日本を発つはずだった日の前の夜、あの火事で死んだの。今の私はあなたの妄想の世界で生きているだけ。肉体はもうどこにもないの。あなたが本当の記憶を取り戻したから、いえ、覚えていたことを認めたから、妄想と現実の世界が同化するの。二つの世界の誤差はあなたの本当の記憶だったから。そうして最後には私も消滅するわ。もうお別れね」

「あなたがアメリカから私を迎えに来るはずだった日の朝、電話をくれたのを覚えているかしら」

『ごめん、Ｌｏｖｅｒ。昨日のファンミーティングの会場に入りきれなかったフアンのために、急遽、今日もう一度やることになったんだ。だからそれが終わったらすぐに今夜の飛行機に乗って日本へ向かうよ。お前は一度家に戻れ。明日には着くからそっちへ迎えに行くよ。大丈夫、とんぼ返りでもアメリカ行きの便には間に合うから』

「電話口であなたはすまなさそうに言ってたわ。私が悪いのよ。あなたは家に戻れと言ったのに、二人の思い出がいっぱい詰まったあの部屋とお別れするのが淋しくて。私はあなたを待ちながらひとりで、最後の夜をあそこで過ごすことにしたの。その夜、あのマンションが火事になったの。ほらね、あなたの言うことを素直に聞かなかったから罰があたっちゃった」

「Ｌｏｖｅｒ。作り話はやめてくれないか。俺たちは今、同じ夢を見ているんだよ。ほら、なんていったかな、こういう現象を」

必死に話題を変えようとする彼の手を、もう一度強く握った。

「いいえ、聞いてちょうだい」

お願い、私から目をそらさないで。

「燃え盛る炎の中で、あなたがそばにいなくてよかったって、初めて思った。もしあなたが一緒にいたら、必死に私を守ろうとしたでしょうね。あの火の勢いではきっと二人とも助からない。たとえ命は助かったとしても、あなたの喉は熱と煙にやられてしまって二度と歌えなくなる。あなたは音楽を失うことになったはずよ。もう逃げられないと知った私はあの部屋のベッドで目を閉じて、あなたに抱かれている夢をみた。だからこんなに熱いのねって。あなたは私の太陽だもの。そうしたらね、こわくなくなった」

「そんな火事はなかった。Ｌｏｖｅｒ、俺たちは一緒に飛行機に乗ったじゃないか」

「それが妄想の始まりね。現実には乗れなかったの」

「次の日、日本に到着したあなたは、火災があったあのマンションに、私がいたことを知って愕然としたわ。変わり果てた私の姿を見て抱いて、泣いて、泣いて、そして泣き崩れて、また泣いてくれたのよ。でもね、大きな火事だったのにあなたの部屋だけは燃えなかったの。きっとあの部屋にはあなたのやさしい思いが残っていて、わたしを包んで炎から守ってくれたのね。いつも被さるように抱きしめてくれたでしょう。だから私の体はきれいなままだったの。ありがとう、守ってくれて」

「やめろよ！」

やさしい彼が初めて私に怒鳴った。シャウトよりも大きくて悲しい声がからっぽの空間に響いた。でもこわくないわ、ただ辛いだけ。

「大事な人を亡くしたら、誰でも妄想の世界に逃げ込むものよ。いつまでたっても私の死を受け入れられない可哀想なあなたには、偽の記憶が必要だった。私を守れなかったと自分を責めるあなたの心を救うために、私は別の機会を与えたの。それが妄想の世界のライトが落下する事故よ。あれは私が誘導したの。なんでもできるあなたは見事にやり遂げて生還したわ。現実の世界ではライトの下敷きになり、意識不明になったと思っているでしょうけれど、本当はそんな事故は起こっていないの。私たちはアメリカに行けなかったんですもの。アメリカでの話は病室の思い出すらすべて妄想よ。本当の現実ではないの。二人で飛行機に乗ったところから始まったでしょう。だから記憶を失っていない私にもアメリカの記憶は妄想でしかないもの。あなたと同じよ。それに、もしもそんな大けがをしていたら、どんな治療を受けたとしても体のどこかに何かしら跡が残ったはずよ」

「お前が知らないだけだ」

黙って私の話を聞いていた彼が、声を絞り出すようにして答えた。

「いいえ。私たちは何度も愛し合い、なんでも知っている仲だもの。あなたの体のどこにもそんな傷はなかったわ」

「俺はあの事故で意識を失い、三か月近くも眠っていたんだ。だからその間に治ったんだ」

「ありえないでしょう。それに意識不明になっていたこともあなたの妄想で、実際には火事から三か月も経っていないのよ」

何を言っても認めようとしないのね。もう無駄なのに。

「あなたは、私たちがアメリカへ渡った後のことを妄想し、そこで事故を再体験して現実に戻って来たことにしたのよ。現実の世界で私をかばって意識と記憶を失ったことにして偽の記憶を作り、今度は妄想の世界から意識を連れて現実に帰ったことにした。そうして後から偽の記憶を取り戻そうとしたの」

「…………」

彼は青ざめた顔をしてかろうじて立っている。こんなに追い詰められたあなたを見たことがない。私がそうさせているのね。ごめんなさいね。

だけど私は話し続けなければならない。もう時間がないの。

「私が現実の世界では、まるであなたに愛されなくなったような設定をして、あなたは私を傷つけた自分を憎むように妄想の世界に登場した。きっと約束の日に間に合わなかった自分を責めていたのね。仕方がなかったのよ。選択の余地がなかったの。あなたはスターですもの。どこへ行っても人気者よ。そう簡単にファンが放しはしないわ。そんなあなたが誇らしかったのに、あなたは私に淋しい思いをさせていないか、いつも気にしていたの。私にはこんなに甘くてやさしいけど、自分に言い訳をしない人だったわね」

「俺は何も認めていないし、何を言われても認めないぞ」

すべてが消え去っても、何もかもが解き明かされても、下を向いて、歯をくいしばって、彼は私の消滅を必死でくい止めようとしていた。

『お前さえそばにいてくれたらそれでいい』

何度も言われた夢のようなその言葉に、ほんの少しの偽りもなかった。あなたを信じてよかった。私は本当に幸せだったわ。

「火事で死んだ後、肉体から離脱する私の魂を、あなたの意識は以心伝心で妄想の世界に連れて行き、現実には成しえなかったアメリカでの暮らしを体験させてくれた。デートをしたり、ライヴをしたりして楽しかったわね。そのうちにあなたは、ライトが落下する事故で私をかばい、現実の世界にいる自分が意識と記憶を失っていることにした。肉体と意識を、現実と妄想の世界にそれぞれ分けることで、あなたの意識が私の魂と一緒にいることのつじつまを合わせたのよ。そして私の誘導にのって妄想の世界でその事故を再現して、事故の記憶と意識を取り戻し、本当の記憶を封印したの。その後、今度は私と日本に帰って来た妄想をし、失ってもいない記憶を取り戻すために力を貸してくれと言って、私を登場させ思い出を語らせた。私への執着をずっと捨てずに私の魂に寄り添い、必死に消滅を防ごうとしたの」

「妄想のアメリカで暮らす間にやさしいあなたは、私があなたと過ごした高校時代を懐かしんでいることを知り哀れに思ったの。だから記憶を取り戻すために二人でアメリカから日本に来たことにして、私をなぐさめてくれていたの。つまりここであなたは必死に覚えていない振りをしていたのよ。それはあなたにとって、とても辛くて危険な賭けだった。思い出したことを認めたら、今度こそ妄想の世界は現実と同化して、どこにも肉体を持たない私の魂が消滅してしまうから」

「妄想と現実の誤差に触れ、常に灼熱の痛みを味わいながら、あなたはどれほど辛かったでしょうね、私が話して聞かせる思い出話が。でも強くてやさしいあなたは私のためにひたすら堪え続けた。ごめんなさいね、やさしいあなたをこんなに苦しめて。でもあなたには本当の思い出を覚えておいてほしかったの。妄想ではなく、私たちがどうやって出会い、どんなに愛し合っていたかという本当の思い出を。あなたはどうしてこんなにやさしくて悲しい人なのかしら」

誰よりも、どんな時でも強いあなたが目の前でひざまずき、私を見上げて子どものように泣き出した。

雷が鳴った午後ずぶ濡れになったあの日、そして迷子になった嵐の夜、窓ガラスを走って流れた雨のように、次から次へと悲しい涙が美しい彼の頰を伝っては落ちていく。

ＭＩＫＩＴＯ。あなたが大好きよ。

「なぜ、そんな回りくどいやり方をしないで、マンションの火災から私を助ける妄想をしなかったのかって思うでしょうね。それはね、それが現実に起きたことだからよ。どんなに完璧な自分でも、妄想で現実を変えることはできないとあなたはちゃんと知っていたのよ。あなたの妄想の目的は、ただひたすらに私を消滅から守ることだった。マンションの火災から私を助けるという、自己満足でしかない妄想の世界は成立してはいけなかったの。あなたがあの火災で私が死んだことを認めたら、もうその時点でどこにも肉体を持たない私は消滅してしまうから。記憶を取り戻せなかった振りをしたあなたが、唯一認めた思い出はライトの落下だけだった。ライトの落下は現実にはなかった偽の記憶だから、いくら口にしても私は消滅しないけれど、そもそも現実に起きた辛い記憶を消すための妄想ですもの。ダミーが必要だったのよ」

もう泣かないで。お願いだから泣かないで。

これが最後よ。小さくしゃがんで泣いているあなたの肩を、上から包むように抱いた。

私は、私しかいないあなたの、あなただけの天使なのだから。

「あなたは約束どおりいつだって私をひとりにしなかったし、たとえ私が死んでも放さなかった。さあもう一度、苦しいほど抱きしめてね。私は永遠にあなたのものよ。いつか命のロウソクの話をしたわね。どんな人の命のロウソクもいつかは燃え尽きる。だけど、ものが燃えてもなくならないのよ。かたちがかわるだけ。あなたの心に住み、あなたの肩に乗って、私は生き続ける……」


俺の手にはお前の黒革のバングルブレスレットだけが消えずに残った。これは変わり果てた彼女と対面した現実から、ずっと俺が握りしめていたものだった。消えていくお前の手を必死につかんだつもりだったが、俺が握っていたものはこれだったのか。

彼女が身に着けていたバングルブレスレットには、七色に光るピックは入っていなかった。結局、俺たちはアメリカに行って、ファーストコンサートをすることはできなかったんだな。

代わりに円いおはじきみたいなプラスティックのかたまりがひとつ、内側にくっつくように入っていた。マンションの火災の熱で溶けたピックだった。それは彼女が三年生の時、学園祭で俺が捧げたものだった。こんなものを捧げてプロポーズしたことを、俺が悔やむと思ってお前は言わなかったが、これを取りに行ってお前は逃げ遅れたのか？　あの新聞によると火元は俺の部屋のすぐ近くではなかった。何も持たずに逃げようと思えば逃げられたはずだった。きっと不器用なお前はスーツケースの鍵を開けるのに手間取ったんだろう。

「Ｌｏｖｅｒは馬鹿だなあ」

この中に俺は二つ目を入れた。これが最後だ。

「レインボーピックはアメリカ製だぞ」

これでお前はいつまでも俺のものだ。そして俺は永遠にお前のものだ。

俺は箱のような空間から這い出た。少し眩しいがなんともない。どうでもいいことだ。そこは廃棄され、駅裏の再開発の予定地に放置されたカラオケコンテナだった。

火災のあったマンションはすでに取り壊され、敷地には砂利が敷き詰められて、月極めのガレージになっていた。

俺はその片隅に、淡いオレンジ色のかわいい花に、かすみ草を合わせた花束を供えた。

この花は頼りないお前のようだ。

「Ｌｏｖｅｒ。俺、もうここには来ないよ」

お前に初めて会ったあの日、誰もいない廊下であの時俺は、

『I found my angel』

と言ったんだ。俺の天使を見つけた、とね。

お前は今も俺の心に住み、俺の肩に乗っているんだろう？　今度こそアメリカに連れて行くよ。約束どおりあっちでお前と暮らし、二人で音楽をするんだ。ロックフェスティバルにも一緒に出るぞ。きっと俺が作るどの曲にも、俺が歌うど

の歌詞にもお前が出てくるんだ。ライヴもそうだ、お前の音で俺は歌うんだ。お前がいいと言ったものを、お前が気に入ったものを俺は選ぶんだ。音楽でもなんでもお前の言うとおりにするんだ。

その日のうちに俺はアメリカ行きのジェットに乗った。二人分のチケットを買った。当然だ、俺とお前のだ。

お前は夜景が好きだから窓側がいいよな。向こうに到着するまで何時間もかかるから、俺にもたれてゆっくり眠ればいいさ。もうすぐ離陸するよ。

また、流れ星が直接降ってくる俺たちの部屋に戻ればいい。今度はドレスを千点誂えてやる。

窓の外を見ようと思ったら、誰もいないはずのシートにかわいい女の子が座って俺を見上げている。

「ＭＩＫＩＴＯ、どうしようかしら。シートベルトが締まらない」

俺はやさしく彼女に笑いかけ、シートベルトを締めてやった。

「Ｌｏｖｅｒ。お前って奴は、ギター以外はなんにもできない女だな」

ベルトを締める俺の手元を見ていた彼女のかわいいあごを持ち上げて、ついでにキスもした。

俺はお前を放さない。お前も俺を放すな。

「Ｌｏｖｅｒ、忘れものだよ。しっかり持っていてくれなきゃだめじゃないか」

俺はちょっとすねてみせ、彼女の細い左の手首に黒革のバングルブレスレットをはめてやった。

お前はにっこり笑って安心したように俺の肩にもたれ、それからゆっくり目を閉じた。

妄想LOVE?!

2020年5月18日　初版第1刷発行

著　者　佐々木よう
発行所　ブイツーソリューション
〒466-0848 名古屋市昭和区長戸町4-40
TEL：052-799-7391 / FAX：052-799-7984
発売元　星雲社（共同出版社・流通責任出版社）
〒112-0005 東京都文京区水道1-3-30
TEL：03-3868-3275 / FAX：03-3868-6588
印刷所　藤原印刷

万一、落丁乱丁のある場合は送料当社負担でお取替えいたします。
ブイツーソリューション宛にお送りください。

ISBN978-4-434-27487-9